DESEO

PEGGY MORELAND

CINCO HERMANOS Y UN PROBLEMA

Editado por Harlequin Ibérica.
Una división de HarperCollins Ibérica, S.A.
Avenida de Burgos, 8B - Planta 18
28036 Madrid

© 2024 Harlequin Ibérica, una división de HarperCollins Ibérica, S.A.
N.º 544 - 25.7.24

© 2003 Peggy Bozeman Morse
Cinco hermanos y un problema
Título original: Five Brothers and a Baby

© 2003 Peggy Bozeman Morse
Tú serás mía
Título original: Baby, You're Mine
Publicadas originalmente por Harlequin Enterprises, Ltd.
Estos títulos fueron publicados originalmente en español en 2005

I.S.B.N.: 978-84-1074-014-3
Depósito legal: M-11933-2024
Impreso en España por: BLACK PRINT
Fecha impresión para Argentina: 21.1.25
Distribuidor exclusivo para España: LOGISTA
Distribuidor para México: Distibuidora Intermex, S.A. de C.V.
Distribuidores para Argentina: Interior, DGP, S.A. Alvarado 2118.
Cap. Fed./Buenos Aires y Gran Buenos Aires, VACCARO HNOS.

MIXTO
Papel procedente de
fuentes responsables
FSC® C159065

Capítulo Uno

La habitación en la que se habían reunido los hermanos Tanner era como todo en Texas: grande.

El primer miembro de la familia, que se había establecido allí a principios del siglo XIX, había colocado las poderosas vigas de madera que cubrían el techo y tres de las paredes de la estancia.

La cuarta la ocupaba una chimenea tan grande que en su interior se hubiera podido asar un ternero entero.

Por todas partes había fotografías de la evolución de la familia, que había sido próspera y fructífera.

La muerte de su padre había vuelto a unir a los hermanos, pero era la responsabilidad lo que los mantenía juntos.

La responsabilidad hacia un padre que los había alejado de casa con sus modos fríos y distantes, propiciando que el distanciamiento se produjera también entre ellos.

Ace, el mayor de los hermanos, estaba sentado a la mesa de su padre porque era el cabeza de familia, un puesto que sus hermanos estaban más que agradecidos de que ocupara.

Woodrow, que era cuatro años más joven que él, estaba sentado en el sofá de cuero que había enfrente mientras que Rory, el benjamín, se había acomodado en una silla y Ry, el segundo, se paseaba por la habitación.

–Supongo que todos sabréis que nos ha dejado metidos en un buen lío –les dijo Ace a sus hermanos.

–Para variar –se burló Woodrow.

Ace asintió ante el sarcasmo de su hermano.

–Sí, parece que al viejo le gustaba ponernos a prueba.

–Más bien, le gustaba meternos en problemas –comentó Rory, el más tranquilo de los cuatro, estirando las piernas y colocando las manos detrás de la cabeza.

–No seas irrespetuoso. Te recuerdo que estás hablando de nuestro padre –le dijo Ry mirándolo muy serio.

–El nuestro y el de medio estado –murmuró Rory.

Aunque su comentario era exagerado, sus hermanos no dijeron nada porque su padre era un hombre tan cerrado y poco hablador que, aunque hubiera tenido más hijos, no se lo habría dicho jamás.

–Ry tiene razón –dijo Ace intentando retomar la conversación–. No estamos aquí para juzgar a nuestro padre sino para arreglar el embrollo que nos ha dejado en herencia.

Ry miró impaciente el reloj.

–Entonces, acabemos cuanto antes. Tengo

que volver a Austin porque tengo que operar mañana por la mañana.

—Claro, el médico tiene que ganar uno o dos millones más, ¿verdad? —se burló Woodrow.

Ry se abalanzó sobre él, lo agarró de la chaqueta vaquera que llevaba y lo levantó en el aire.

Rory corrió a separarlos.

—Venga, chicos, ya os pegaréis más tarde. Ahora, tenemos cosas que arreglar.

Ry miró a Woodrow con desprecio y lo soltó.

—Papá murió sin testamento —anunció Ace para que sus hermanos le prestaran atención y no volvieran a pelearse—. Por eso, vamos a tardar bastante en poner en orden el tema del rancho. Mientras tanto, tendremos que hacernos cargo de él.

Ry lo miró atónito.

—¿Cómo? Yo no estoy dispuesto a trabajar en el rancho. Soy cirujano y tengo una consulta que mantener.

—Todos tenemos obligaciones —le recordó Ace—, pero vamos a tener que hacer un esfuerzo arañándole horas a nuestra vida para que este lugar siga en funcionamiento. Por lo menos, hasta que decidamos qué vamos a hacer con él.

—¡No podemos vender el Bar-T! ¡Esta tierra ha sido de nuestra familia durante generaciones! —exclamó Woodrow poniéndose en pie.

—Y yo espero que lo siga siendo, pero no podemos tomar una decisión hasta que no esté en marcha y sepamos a qué nos enfrentamos tanto económica como legalmente.

Al recordar que su padre era tan reservado en sus negocios como en su vida privada, Woodrow y Rory se volvieron a sentar.

Ry se acercó a la ventana.

—¿Y Whit? —preguntó.

—Le he dejado un mensaje en el contestador para que viniera. Si lo escucha a tiempo, vendrá —contestó Ace.

—No vino al entierro de papá, así que ¿por qué crees que va a venir ahora? —gruñó Woodrow.

—¿Por qué iba a venir al entierro de papá? —dijo Ry—. Papá lo trató como a un trapo.

—Whit estuvo en el entierro de papá —intervino Rory.

—¿Dónde? No lo vi.

—Porque no quería que lo viéramos.

Woodrow chasqueó la lengua y sacudió la cabeza.

—Ese chico siempre fue escurridizo.

—Sigiloso —lo corrigió Ry.

—¿Es un diagnóstico profesional? —le espetó Woodrow—. Yo creía que tú eras cirujano plástico, de ésos que son ricos y famosos, y no psiquiatra.

Ry apretó los dientes, pero no contestó y Ace se lo agradeció. Con todo lo que tenían por delante, lo último que debían hacer era pelearse entre ellos.

—Ahora mismo, he terminado un reportaje fotográfico y tengo un tiempo antes de comenzar el otro, así que he decidido quedarme en el rancho hasta que todo esté en marcha –anunció–. Sin embargo, no puedo ocuparme del rancho yo solo. Os necesito a todos. Vamos a tener que...

Sus palabras quedaron interrumpidas por el timbre y Ace se puso en pie.

–Debe de ser Whit.

–Me apuesto el cuello a que es un vecino para darnos el pésame –gruñó Woodrow todavía enfadado.

–Sea quien sea, espero que os portéis debidamente –dijo Ace desde la puerta–. ¿Entendido?

Woodrow y Rory pusieron los ojos en blanco y desviaron la mirada, pero Ry lo miró a los ojos de manera casi desafiante para que entendiera que ya no era un niño pequeño al que su hermano mayor podía dar órdenes.

Mientras iba hacia la puerta principal, Ace rezó para que fuera Whit pues quería terminar con todo aquello cuanto antes. Cuanto antes pudiera irse de Tanner Crossing, mejor.

Estar de nuevo en el rancho y en la ciudad que llevaban el nombre de su familia lo estaba empezando a poner ya de los nervios.

Cuando abrió la puerta, en lugar de encontrarse con su hermanastro Whit, se encontró con una mujer ataviada con unos vaqueros desgastados y una camiseta azul que llevaba algo envuelto en una manta... algo que parecía un bebé.

–¿La puedo ayudar en algo?

–Sí es usted uno de los hermanos Tanner, sí.

La acidez con la que lo había dicho lo sorprendió. Desde luego, aquella mujer no era una vecina que había acudido a darles el pésame.

–Sí, soy Ace –le dijo saliendo al porche–. Ace Tanner, el hermano mayor. ¿Y usted quién es?

–Maggie Dean.

Ace se quedó mirando el bulto envuelto en una manta que la mujer llevaba contra el pecho.

–¿Y qué quiere usted de los hermanos Tanner, señorita Dean?

–Les vengo a traer lo que es suyo –contestó Maggie entregándole el bebé.

Ace dio un paso atrás.

–Un momento, ese niño no es mío.

–Según la ley, sí.

–¿Qué ley? –le espetó impaciente.

–Todas las leyes.

–Un momento...

En ese momento, del interior de la manta salió un grito y Ace hizo una mueca ante aquel ruido tan irritante.

–No pasa nada, preciosa –la tranquilizó la mujer–. Todo va bien.

–Mire, señorita –le dijo Ace alzando la voz para que lo oyera por encima del llanto del bebé–. No sé quién es usted o por qué ha venido, pero le aseguro que esa niña no es mía, así que le ruego que se vaya de mis tierras y se lleve a ese ratoncillo chillón o tendré que llamar a la policía.

La mujer levantó el mentón sonrojada por la furia.

–Yo me voy encantada de sus tierras, pero la niña se queda –le dijo entregándosela.

Instintivamente, Ace la tomó en brazos. Anonadado, se quedó mirándola. Vio dos manitas que salían de la manta y daban golpes al aire y una carita cuyos rasgos eran tan pequeños y perfectos que parecían irreales.

Tenía los ojos azules, la nariz sonrosada y tan pequeña como uno de los botones de su camisa y la boca entreabierta.

Parecía irreal, pero su llanto no lo era. Ace miró a la mujer, que estaba sacando cosas de un coche desvencijado y dejándolas en el césped.

–¡Eh! –exclamó–. ¿Qué hace? No piense que va a dejar aquí a la niña.

La mujer cerró la puerta del coche con fuerza, se giró y se colgó una bolsa del hombro.

–No es una niña sino un bebé –le dijo muy seria–. Y claro que se va a quedar aquí.

Viendo que el enfado no lo llevaba a ninguna parte con aquella mujer, Ace intentó hacerla entrar en razón.

–Mire, entiendo que tenga usted un problema y que necesite ayuda –le dijo sacándose la cartera del bolsillo y entregándole un fajo de billetes.

–Es usted exactamente igual que su padre –le espetó la mujer dándole un golpe en la mano que hizo que la cartera saliera volando por los aires–. Ustedes se deben de creer que el dinero lo arregla todo. ¡Pues no es así! Lo que esta niña necesitada es una familia, alguien que la quiera.

9

–¿Esta niña es hija de mi padre? –preguntó Ace boquiabierto.

–¡Sí, claro que es hija de su padre! –contestó Maggie.

–No me lo puedo creer...

–Pues créaselo porque es la verdad.

Ace la tomó del brazo y la llevó al porche.

–Sentémonos, tenemos que hablar.

Una vez en el porche, Maggie se sentó, pero Ace se quedó de pie, paseándose con la niña en brazos y diciéndose que lo raro era que aquello no hubiera ocurrido antes.

Era la primera vez que tenía que enfrentarse a las indiscreciones de su padre y no sabía cómo hacerlo.

En el pasado, cuando una de sus «amigas», como su padre llamaba a las mujeres con las que mantenía relaciones sexuales, aparecía en su casa con intención de conseguir algo, su padre arreglaba la situación.

Normalmente, con dinero.

–Si es una cuestión de dinero…

–Ya le he dicho que no quiero su dinero –contestó Maggie dejando caer la cabeza entre las manos con desesperación–. Lo que quiero es que esta niña tenga un hogar decente.

–¡Pues déselo usted, que es su madre!

Maggie levantó la cabeza.

–Yo no soy su madre.

Ace se quedó mirándola completamente confundido.

–Entonces, ¿quién es su madre?

–Star Cantrell –contestó Maggie.

–¿Y por qué no le da ella a su hija un hogar decente? –preguntó enfadado.

–Porque ha muerto.

–¿Muerto? –repitió Ace viendo que a Maggie se le deslizaba una gruesa lágrima por la mejilla.

–Sí, murió hace poco más de una semana. Hubo complicaciones en el parto, tuvo una hemorragia y... éramos compañeras de trabajo y amigas. Me hizo prometer que, si le ocurría algo, traería a su hija aquí para dársela a su padre. Yo no quería porque conocía a su padre, pero me hizo prometérselo. Cuando me enteré de que su padre había muerto, pensé en quedármela yo, pero... no puedo quedármela porque ella se merece más de lo que yo le puedo dar. Por eso la he traído.

Ace se fijó en las manos rojas de trabajo de aquella mujer y comprendió que lo que le estaba diciendo era que no podía hacerse cargo de la niña económicamente.

–¿Y Star no tenía parientes? ¿No tenía padres ni hermanos?

–No, era hija única y sus padres murieron en un accidente de tráfico hace muchos años.

Antes de que a Ace se le ocurriera otra solución, Maggie se puso en pie.

–Aquí tiene todo lo que va a necesitar –le dijo señalando la bolsa y el corralito–. Pañales, biberones, papilla y ropa. Duerme en el corralito, pero yo creo que debería comprarle una cuna cuanto antes –concluyó mirando a la niña con lágrimas en los ojos–. Star la llamó Laura. Espero que no le cambie el nombre porque es lo único que va a tener de su madre.

Ace miró al bebé, que había dejado de llorar. Había apoyado la cabecita en su hombro y se había quedado dormida con lágrimas entre las pestañas.

Cuando levantó la cabeza, la mujer había desaparecido. Ace corrió tras ella.

–¡Un momento! ¡Espere!

Maggie se dio la vuelta con una mano en la puerta de su viejo automóvil y Ace se paró en seco, con la respiración entrecortada por el pánico.

–Mire, ya sé que todo esto no es problema suyo, que usted está haciendo solamente lo que le pidieron que hiciera, pero no me puede dejar a la niña aquí. Mis hermanos y yo tenemos nuestros trabajos y nuestras responsabilidades y no nos podemos ocupar de un bebé. No sabríamos ni por dónde empezar.

Ace observó cómo la mujer miraba a la niña, vio la duda en su rostro, la incertidumbre, su obvio afecto por la pequeña.

–Ya se las apañarán –contestó sin embargo con firmeza–. Exactamente igual que he hecho yo.

–¡No! No me haga esto –exclamó Ace intentando agarrar la puerta.

En un abrir y cerrar de ojos, Maggie había pisado el acelerador a fondo y su coche se alejaba por el camino.

Ace se quedó allí, mirándolo, como si lo acabaran de condenar a muerte.

Maggie condujo diez kilómetros antes de que tener que pararse en el arcén, cegada por las lágrimas. Dejó caer la cabeza sobre el volante y lloró amargamente por Laura, que iba a crecer sin conocer a su madre y por Star, que había muerto tan joven.

Y lloró también por haber perdido a aquella niña a la que tanto quería y por las injusticias de la vida que no le permitían quedársela.

Y, mientras lloraba, rezó para que Laura estuviera en buenas manos y para que los hermanos Tanner cuidaran bien de ella.

Cuando ya no le quedaron más lágrimas en los ojos, se secó la cara con la camiseta y volvió a poner el coche en marcha.

«Es mejor así», se dijo mientras conducía hacia su casa.

Ya tenía bastante con mantener su hogar y poder comer. No podía hacerse cargo de una niña pequeña.

Con los Tanner, Laura tenía la oportunidad de una vida mejor porque tenían una casa que parecía un castillo, mucho dinero e incluso una ciudad que llevaba su apellido.

Con ellos, Laura jamás tendría que preocuparse por que la embargaran por no haber pagado el alquiler, por no conseguir el dinero para pagar el seguro médico o por no poder ir a la universidad.

Además, tendría la oportunidad de codearse con gente de clase y, así, no tener que vivir con el tipo de personas indeseables que Maggie había tenido a su alrededor durante toda la vida.

Pero había una cosa que Maggie sabía que podía darle a Laura en grandes cantidades: amor.

Los cuatro hermanos Tanner flanquearon la cama de Ace, dos a cada lado, y se quedaron mirando fijamente al bebé que su hermano mayor había colocado en el centro.

Ace miró a Ry.

—Llévatela contigo a Austin, tú eres el único que está casado.

—Estaré divorciado muy pronto —le recordó Ry.

—¿Y tú? —le preguntó a Rory—. ¿No podrías conseguir que una de las chicas que trabaja en tu cadena de tiendas de objetos del Oeste te la cuidara?

Rory negó con la cabeza.

—Estamos en verano y la mayoría está de vacaciones.

Ace miró a Woodrow, que levantó la mano.

—Ni me lo preguntes. La única experiencia que he tenido con bebés fue cuando mi perra Blue tuvo cachorros.

—¿Y qué se supone que voy a hacer yo con

ella? Tengo tanta idea de niños pequeños como vosotros.

Ry le dio una palmada en el hombro y salió de la habitación.

—Ya te las apañarás.

—Sí —dijo Woodrow saliendo también—. Siempre se te ha dado bien hacerte cargo de las situaciones difíciles.

Ace agarró a Rory del brazo.

—¿Adónde vas? —le preguntó antes de que huyera.

—Eh... a por un biberón. Sí, a por un biberón. Parece que tiene hambre.

—Ah, muy bien —contestó Ace más tranquilo—. Date prisa, no quiero que se ponga a llorar otra vez.

—Claro —le prometió Rory.

A continuación, se giró y salió corriendo. Al oír que la puerta principal se cerraba y los motores de los coches de sus hermanos se ponían en marcha, Ace maldijo en voz alta.

Con ojos legañosos, Ace se puso a la niña en el hombro mientras esperaba a que el agua hirviera y se calentara el biberón.

—Venga, pequeña, dame un respiro. Lo estoy haciendo lo mejor que puedo —le rogó.

Cuando Laura contestó con un agudo grito, Ace sacó el biberón del agua, se echó dos gotitas de leche en la mano para comprobar la temperatura y se sentó en una silla.

Laura agarró la tetina del biberón con tanta ansia que cualquiera hubiera dicho que llevaba unas semanas sin comer.

Ace sabía que aquello no era cierto porque era la cuarta vez que se levantaba aquella noche a prepararle un biberón.

Ahora que la niña estaba ocupada, tomó la guía de teléfonos desesperado por encontrar a alguien que cuidara de Laura.

Había hablado con todas las agencias de la zona, pero ninguna aceptaba recién nacidos. Su única esperanza era localizar a la mujer que se la había llevado.

Lo malo era que no se acordaba de su nombre.

Empezaba por D.

Daily, Dale, Davis, Day, Dean.

¡Dean! Sí, Maggie Dean.

Lo malo era que no había ninguna Maggie Dean en la guía telefónica.

Ace llamó entonces a información telefónica y allí localizaron a una Maggie Dean en Killeen, que era un pueblo cercano a Tanner Crossing.

—Tiene que ser ella —suspiró esperanzado tomando nota del número—. ¿Me puede dar también su dirección? —le pidió al teleoperador decidiendo que era mejor ir a verla cara a cara.

«Desde luego, esta mujer vive en un sitio horroroso», pensó Ace mientras conducía por la calle de Maggie.

Las míseras casas de madera se alineaban una al lado de la otra, había coches hechos una porquería en la acera y los muebles de los porches eran pura chatarra.

La casa de Maggie era tan pobre como las demás. Lo mínimo que se podía decir era que necesitaba una buena mano de pintura.

Sin embargo, a diferencia de sus vecinos, Maggie no tenía un coche sin ruedas en el camino de entrada ni muebles oxidados en el porche.

Las flores que llenaban su parcela ponían de manifiesto que, aunque no tuviera dinero, se preocupaba por que su casa estuviera bien.

Ace sintió una terrible tristeza al pensar en el esfuerzo de aquella mujer por convertir aquel vertedero en un hogar.

Sacó a Laura del coche y avanzó hacia la puerta. Llamó y esperó. Cuando Maggie abrió, Ace se apresuró a poner un pie para que no cerrara.

—¿Qué quiere?

—Su ayuda —contestó Ace.

Efectivamente, Maggie intentó cerrar la puerta.

—Por favor, escúcheme.

Maggie miró a la niña, tragó saliva y asintió.

—Dese prisa —le dijo girándose hacia el pasillo que tenía detrás—. Me tengo que ir a trabajar.

Ace se apresuró a entrar en la casa por si cambiaba de opinión.

—Sólo serán diez minutos —le prometió—. ¿Le importa que me siente? —añadió fijándose en lo limpia y ordenada que estaba la casa.

Maggie le indicó un sofá que había bajo una ventana y se quedó mirándolo de brazos cruzados.

Ace la miró y por primera vez se fijó en que tenía unas maravillosas piernas, largas y torneadas, y unos voluminosos pechos, pero no tenía tiempo para aquellas apreciaciones.

Necesitaba desesperadamente una niñera.

–He venido a pedirle una cosa.

–Si ha venido a intentar convencerme de que me quede con la niña, pierde el tiempo. Ya le dije ayer que no puedo quedármela.

Ace negó con la cabeza.

–No, he venido a ofrecerle un trabajo.

Maggie puso los ojos en blanco.

–Ya tengo un trabajo, así que, si no le importa...

–Escúcheme –la interrumpió Ace–. Mis hermanos y yo estamos dispuestos a hacernos cargo de la niña, pero no tenemos ni idea de bebés. He decidido que lo mejor es localizar a algún pariente de Star y voy a contratar a un detective, pero mientras tanto... alguien se tiene que hacer cargo de ella.

–Y usted quiere que ese alguien sea yo.

–Me parece lo más correcto. Es obvio que usted la quiere y que está a acostumbrada a su rutina.

–Tengo un trabajo –le recordó Maggie–. Además, voy a la universidad por las tardes y no tengo ni tiempo ni energía para hacer nada más.

–Mi propuesta consiste en que deje usted su trabajo, se tome un descanso en la universidad y trabaje a jornada completa para mí como niñera –resumió Ace viendo cierto interés en su rostro–. ¿Cuánto gana como camarera?

–Eso no es asunto suyo –contestó Maggie ofendida.

–No es por cotillear sino por establecer una base. ¿Qué le parecen seiscientos dólares por semana?

Aunque no dijo nada, a Maggie se le pusieron los ojos como platos y Ace comprendió que aquello era mucho más de lo que ganaba sirviendo mesas.

–Además, le doy alojamiento y manutención –añadió–. ¿Qué le parece?

Maggie tragó saliva.

–Llame a su jefe –insistió Ace sacándose el teléfono móvil del bolsillo–. Dígale que lo deja. He traído la furgoneta, así que puede hacer ahora mismo el equipaje y marcharnos al rancho.

Maggie tomó el teléfono entre las manos y marcó unos cuantos números, pero se paró.

–No puedo hacerlo.

–Claro que sí. En cuanto haya dejado el trabajo, nos vamos.

–¿Y qué será de mí cuando haya localizado a la familia de Star? No tendré trabajo –se quejó–. No, no puedo hacerlo. Va a tener que encontrar a otra persona.

–¡Maldita sea, no hay otra persona! Ya he hablado con todas las agencias de niñeras de la ciudad y me han dicho que no aceptan recién nacidos.

Al oírlo gritar, Laura se puso a llorar.

–Por favor, otra vez no. Ya no puedo más.

Maggie tomó a la niña en brazos en un abrir y cerrar de ojos.

–¿Ha llorado mucho?

–Sí, casi toda la noche.

–¿Le ha dado de comer?

–Sí, tres o cuatro veces.

–¿Y le ha cambiado los pañales?

–Sí –contestó Ace haciendo una mueca de disgusto al recordarlo–. Le aseguro que no está estreñida.

–¿Ha dormido?

–Supongo que, cuando no estaba llorando, habrá dormido.

–Todo está bien, preciosa –le dijo Maggie a la niña acariciándole la espalda–. Estás con Maggie.

La niña dejó escapar un enorme eructo y Maggie se giró hacia Ace.

–¿Le ha sacado los aires?

–¿Cómo?

–Hay que hacerlo al menos dos veces cada vez que le da el biberón.

–No lo sabía.

–Setecientos.

–¿Qué?

–Setecientos dólares a la semana y un día libre.

–Setecientos está bien –contestó Ace tomando a Laura en brazos y entregándole a Maggie de nuevo el teléfono móvil–. Llame y vámonos cuanto antes.

Maggie volvió a tomar a Laura en brazos.

—No, prefiero ir en persona.

—¿Cuánto va a tardar? —preguntó Ace frustrado.

—No lo sé, media hora o así. En cualquier caso, no hace falta que me espere. Ya llevo yo a Laura —concluyó abrazando a la niña con fuerza.

Capítulo Dos

Cuando una mujer no tiene muchas cosas, no tarda mucho en hacer el equipaje.

Al cuarto de hora de haberse ido Ace, Maggie tenía el suyo terminado y, media hora después, estaba frente al Longhorn Restaurant and Saloon.

De noche, el edificio mejoraba bastante, pero de día era un auténtico desastre. Claro que Maggie ya estaba acostumbrada.

Entró por la puerta de atrás y encontró a Dixie Leigh, la dueña del local, fumando y revisando el pedido de bebidas que iba a hacer.

A pesar de que, al igual que su negocio, estaba avejentada y era hortera, Maggie sabía que aquella mujer tenía un corazón de oro.

–Hola –la saludó.

Dixie dio un respingo.

–¿Por qué no has llamado antes de entrar? Casi me trago el cigarrillo.

–No deberías fumar.

–No debería hacer un montón de cosas, pero qué se le va a hacer –contestó su jefa mirando a Laura–. ¿No me habías dicho que se la habías llevado a los Tanner?

–Sí, pero Ace me la ha traído esta mañana.

–¿Ace? Supongo que será el hijo mayor de Buck, el que es fotógrafo.

–No me ha dicho en qué trabaja.

–Supongo que tenía demasiada prisa por dejarte a la niña como para ponerse a charlar. Es una pena porque los hombres de esa familia son increíblemente guapos.

Maggie no conocía a los demás hermanos, pero, desde luego, si se parecían Ace, sí que lo eran.

–No me he fijado –mintió.

–Anda, trae, déjamela un ratito –dijo Dixie tomando a Laura en brazos–. Es la cosa más bonita de este mundo, ¿verdad? ¿Al final te la vas a quedar?

–Ya sabes que no puedo –contestó Maggie con tristeza.

–Entonces, ¿qué vas a hacer?

–Por eso precisamente he venido a verte –contestó Maggie sospechando que a su jefa no le iba a parecer una buena idea lo que iba a hacer.

–¿Por qué tengo la sensación de que no me va a gustar lo que voy a oír?

–Probablemente porque así va a ser –contestó Maggie encogiéndose de hombros.

–Dispara –dijo Dixie irritada.

–Ace me ha pedido que trabaje para él cuidando a Laura.

–¿Vas a dejar de trabajar aquí?

–Yo preferiría que me dieras una excedencia –contestó Maggie para amortiguar la sorpresa y

23

para no cerrarse aquella puerta–. Si te parece bien, me gustaría volver cuando Ace haya encontrado a la familia de Star.

–Star no tenía familia.

–No, pero Ace está convencido de contratar a un detective para que busque bien por si encuentra una tía o prima lejana que se quiera hacer cargo de Laura.

–¿Y tú crees que van a encontrar a alguien?

–No, no creo.

–Entonces, ¿por qué no se lo dices y les ahorras ese tiempo y ese dinero?

–En cuanto al dinero, me da igual porque tienen mucho y, en cuanto al tiempo, lo necesito para que Laura se los gane –contestó Maggie acariciando la cabecita de la niña–. En cuanto pasen unas semanas con este angelito, no querrán separarse de ella.

–Pero si Ace ya te ha dicho que no la quiere.

–No, él nunca ha dicho eso. Me ha dicho que no saben qué hacer con un bebé, pero, si estoy yo para ocuparme de ella, eso no será un problema.

–Te ves reflejada en ella, ¿verdad? ¿Crees que si te quedas a su lado conseguirás evitar que le pase lo mismo que a ti?

Maggie se puso a la defensiva.

–Sólo estoy haciendo lo que su madre me pidió que hiciera.

–Eso ya lo has hecho. Ya se la has llevado a los Tanner.

Maggie bajó la mirada.

–¿Y tus estudios? Te has sacrificado mucho para obtener tu título de enfermera como para dejarlo ahora.

–No voy a dejar de estudiar. En cuanto Laura esté establecida con los Tanner, los retomaré.

–Cariño –dijo Dixie acariciándole la mejilla–, sé que estás haciendo lo que crees mejor para la pequeña, pero, si no te distancias de ella ahora que puedes, vas a sufrir mucho y tú ya has sufrido bastante.

Maggie sintió unas inmensas ganas de llorar.

–Sólo quiero darle una oportunidad, Dixie, como tú hiciste conmigo.

–Yo sólo te di trabajo.

–Me has dado mucho más que un trabajo. Me has devuelto mi dignidad, ahora estoy segura de mí misma. Tú me has dado la oportunidad de ser alguien en la vida.

Dixie tragó saliva.

–Yo quiero darle esa oportunidad a Laura, quiero que tenga un buen hogar y una vida medio normal. Los Tanner tienen dinero, así que será fácil para ellos.

–Lo tienes muy claro, ¿verdad?

–Sí.

–Entonces, sólo me queda decirte que tengas cuidado –suspiró Dixie con resignación–. Los Tanner son peligrosos.

–¿Peligrosos?

–No lo digo porque sean maltratadotes o asesinos, pero son peligrosos porque son guapos y encantadores.

–Ah, bueno, si es por eso, no te preocupes por mí. Yo el único interés que tengo en Ace Tanner es que le dé a Laura un buen hogar.

–Eso dices ahora, pero recuerda mis palabras. Todavía no he conocido a ninguna mujer que se pueda resistir a un Tanner cuando él pone los ojos en ella.

Ace estaba sentado en la butaca de su padre con los pies encima de la mesa de roble y el teléfono apoyado en el hombro resumiéndole a su hermanastro Whit la reunión que había tenido lugar el día anterior con sus otros hermanos.

–Papá murió sin testamento, así que tenemos un buen lío entre manos –finalizó.

–No sé por qué me dices todo esto mí. Aunque hubiera hecho testamento, a mí no me habría dejado nada.

Ace sabía que Whit tenía razón. Buck Tanner había adoptado a su hermanastro, pero jamás lo había tratado como a un hijo.

Sin embargo, para Ace, Whit era un Tanner y tenía todo el derecho del mundo a heredar una parte de la riqueza de su padre, exactamente igual que sus hermanos y él.

Al no dejar testamento, inconscientemente su padre le había dado la posibilidad de remendar el mal que había hecho.

–Pero no hay testamento –le recordó–. Eso quiere decir que la herencia de papá se dividirá a partes iguales entre sus herederos. Tú llevas su apellido porque te adoptó y, según la ley, tienes derecho a heredar.

—No me importa lo que diga la ley —contestó Whit—. No quiero nada suyo.

—Hombre, Whit...

—No. Os voy a ayudar a solucionar la situación, pero no quiero nada a cambio.

Ace sabía que, de momento, era inútil seguir insistiendo, pero estaba decidido a que Whit tuviera su parte del testamento, exactamente igual que la hermanastra de cuya existencia no tenía noticia hasta hacía muy poco.

—Gracias por ofrecerte a ayudarnos —le dijo a Whit—. Te vamos a necesitar.

—Estoy dispuesto a ayudaros en todo lo que pueda, pero te advierto que no estoy especializado en herencias.

—No te necesito como abogado, ya he contratado a unos cuantos, sino aquí, en el rancho.

—¿Por qué? Los empleados del rancho llevan años trabajando en él y saben lo que hay que hacer.

—¿Qué empleados? Aquí no hay nadie.

—¿Cómo? —exclamó Whit sorprendido—. No me puedo creer que se hayan ido porque el viejo haya muerto. Hay que ocuparse del ganado.

—Yo tampoco me lo puedo creer, pero así es. Tú los conocías a casi todos. ¿Por qué no intentas localizarlos y hablar con ellos para que vuelvan?

—Ace, ya sabes cómo son los vaqueros. Se mueven de acá para allá como el viento. A saber dónde estarán ahora.

–Seguro que tú los encuentras.

–Puede ser, pero me va a llevar algún tiempo.

–Por desgracia, no tenemos mucho porque no sé dónde está el ganado ni en qué condiciones.

–Con lo seca que está la tierra, imagino que habrán ido en busca de pastos y agua.

–Sí, yo he pensado lo mismo. De hecho, quería salir esta tarde a caballo y... –lo interrumpió el timbre de la puerta–. Espera un momento, Whit, están llamando al timbre –le dijo a su hermano–. ¡Adelante! ¡Está abierto! –gritó–. Como te iba diciendo, tengo intención de salir esta tarde a caballo para ver si localizo al rebaño.

Era Maggie.

Traía a Laura apoyada en la cadera y una gran bolsa colgada del hombro. Más que una niñera, parecía una mula de carga.

Claro que las mulas de carga no eran tan guapas. Aquella mujer, vestida de manera informal, estaba tan maravillosa que podía haber ocupado las páginas de cualquiera de los calendarios que Rory vendía en sus tiendas.

Ace dudó un momento debatiéndose entre abalanzarse sobre ella y abrazarla por haber cumplido su promesa y haber ido o decirle que había cambiado de opinión y ya no la quería contratar.

Tener una mujer guapa en casa podía ser más problemático que otra cosa y Ace ya tenía suficientes problemas en aquellos momentos.

Sin embargo, miró a la niña y decidió que era mejor arriesgarse que tener que cuidarla él, así que le hizo una señal a Maggie para que se sentara en el sofá.

–Llámame en cuanto sepas algo de los empleados –le dijo a Whit–. Si no hay más remedio, ofréceles más dinero que el que cobraban para que vuelvan.

–Muy bien, Ace.

–Mientras tanto, vamos a tener que ir nosotros a buscar al ganado. Podríamos quedar el sábado que viene al alba. Así, yo tendré diez días para hacerme una idea de cómo están las cosas por aquí. Voy a llamar a los demás para decirles que también tienen que venir a echar una mano.

Iba a seguir hablando, pero en ese momento Maggie se echó hacia delante para dejar a Laura en el sofá y Ace se quedó sin palabras porque, al hacerlo, los pantalones cortos que llevaba se le habían subido marcando un trasero perfecto.

–Ya hablaremos –le dijo a su hermano antes de colgar.

Maggie se incorporó y se puso las manos en los riñones, que le debían de doler. A continuación, dejó la bolsa en el suelo y se dejó caer en el sofá con un suspiro.

Ahora que la tenía de frente, Ace se fijó en sus pechos y lamentó que el escote de la camiseta no fuera más amplio.

Cuando levantó la mirada, se encontró con la de Maggie. Lo había pillado, así que era mejor no negarlo.

–¿Qué puedo decir? –dijo levantando las manos–. Soy un hombre al que le gusta mirar a una mujer bonita.

–Pues a las mujeres bonitas nos gusta que nos miren ciertos hombres, pero no todos –le espetó Maggie.

–Veo que ha podido recoger sus cosas, dejar el trabajo y venir para acá rápidamente, así que asumo que no está usted casada.

–Un poco tarde para entrevistarme, porque ya me ha dado el trabajo.

–Sólo quería conocerla un poco mejor. ¿Qué hay de malo en ello?

–Mujer blanca y soltera, veintiocho años, divorciada, sin aficiones, no busca compañía masculina –lo informó Maggie escuetamente–. ¿Y usted?

–Hombre blanco y soltero, cerca de cuarenta, divorciado, me gusta el senderismo y la montaña y siempre estoy buscando compañía –contestó Ace guiñándole un ojo.

Maggie no dijo nada.

–Y... ¿quién dio por terminado su matrimonio? ¿Usted o su ex marido?

–Supongo que él, ya que fue el que se fue llevándose el coche y dejando a deber tres meses de alquiler.

–Qué chico tan bajo –silbó Ace.

–Sí, un ángel. ¿Y en su caso?

–Fue de mutuo acuerdo –contestó Ace–. De verdad –añadió al ver que Maggie lo miraba con escepticismo–. En la sentencia de divorcio, sin embargo, pone «diferencias irreconciliables».

–Muy original.

–Al juez no le supuso ningún problema.

–No se lo habría supuesto de ninguna manera teniendo en cuenta que es usted un Tanner.

Ace dio un respingo.

–¿Qué quiere decir eso?

Maggie se encogió de hombros.

–Por lo que he oído, su familia es dueña de prácticamente toda la ciudad, así que imagino que también son dueños de algunos políticos.

–Los Tanner no son dueños de Tanner Crossing –le aseguró Ace molesto–. Tenemos varias empresas y mucha tierra, pero no somos los dueños de la ciudad.

–Entonces, ¿de dónde le viene el nombre?

–Le viene de que fue un Tanner el primero que se estableció aquí y que comenzó a construir la ciudad –contestó Ace decidiendo que prefería cambiar de tema–. ¿Le suena a usted que Star tuviera parientes lejanos?

–Ya le dije que no.

–Todo el mundo tiene parientes lejanos.

–Yo no, por ejemplo. En cualquier caso, aunque Star los tuviera, eso no quiere decir que vayan a querer hacerse cargo del bebé.

–¿Es usted siempre así de pesimista? –le preguntó irritado ante aquella posibilidad, que le complicaría la vida de manera espantosa.

–Sólo realista –contestó Maggie–. Es una posibilidad y debería tenerla en cuenta.

–Prefiero no hacerlo –dijo Ace poniéndose

en pie–. De ahora en adelante, no me vuelva a decir los problemas con los que me puedo encontrar porque ya tengo bastantes.

–¿Ah, sí? ¿Qué tipo de problemas? –preguntó Maggie muy tensa.

Ace no contestó, agarró la bolsa de la niña y salió del despacho.

–¿Qué tipo de problemas? –insistió Maggie siguiéndolo.

–Ninguno que sea asunto suyo.

Maggie apretó los dientes.

–Sí voy a vivir con usted, creo que tengo derecho a saberlo.

–Le aseguro que no hay ninguna orden de busca y captura contra mí.

–¿Y se supone que eso me va a hacer sentir mejor?

Ace suspiró y se giró hacia ella.

–La muerte de mi padre ha dejado muchos problemas detrás. Para empezar, un rancho que hay que poner en funcionamiento sin empleados –le explicó.

–¿Y dónde están los vaqueros?

–Buena pregunta.

–¿Su padre no le dijo si los había despedido o si ellos se habían ido?

–Mi padre y yo no hablábamos.

–¿Nunca? –preguntó Maggie sorprendida.

–Nunca.

–¿Por qué? Era su padre. ¿No lo llamaba de vez en cuando para ver si estaba bien? Era mayor y vivía solo.

–Buck Tanner estaba sano y fuerte como un caballo y era muy capaz de vivir solo.

–No creo que estuviera tan sano si ha muerto.

–Sí, ha muerto, pero de un infarto. Aunque hubiera estado aquí con él, no podría haberlo evitado.

–Pero era usted su hijo –insistió Maggie–. ¿No se preocupaba por él en absoluto?

–Mire, no me va a hacer usted sentirme culpable. Si no le importa, tengo cosas que hacer –le dijo abriendo la puerta de una habitación.

Al entrar, Maggie se quedó con la boca abierta. Era la habitación más bonita que había visto en su vida. Tenía una cama de madera con dosel y ventanales que ocupaban del techo al suelo.

Al otro lado del dormitorio, había otra puerta, que estaba abierta, y se veía la pata de una bañera antigua.

Todo parecía ser antiguo en aquella estancia. Probablemente, eran antigüedades que habían ido pasando de generación en generación.

Maggie tenía la intención de que Laura fuera la siguiente generación de Tanner y pudiera disfrutar de aquellos privilegios.

–Si no le gusta esta habitación, hay otras –le dijo Ace a sus espaldas.

–No, no –se apresuró a contestar Maggie–. Es preciosa –añadió tocando el papel de flores de las paredes. Es muy… femenina.

–Sí, la decoró la mujer de mi padre. Antes de que me pregunte por qué no se hace cargo ella de Laura, le diré que murió en un accidente de coche hace años. Un conductor borracho. Bueno, a lo que íbamos. Solía decir que quería una habitación femenina ya que tenía que vivir rodeada de hombres. No nos dejaba entrar aquí.

Maggie pasó la mano por la superficie de mármol del tocador que había en un rincón y frunció el ceño.

—¿La señora de limpieza también tenía prohibido entrar?

—Supongo que se iría cuando se fueron los vaqueros. La verdad es que todo esto necesita una buena limpieza.

—Ya me ocupo yo —se ofreció Maggie.

—No, perdone, no me refería a que lo hiciera usted. La he contratado para ocuparse de Laura y nada más.

—No me importa hacerlo. Así me entretendré mientras la niña esté durmiendo.

Ace suspiró resignado.

—Las toallas están en ese armario de ahí —le dijo—. Tiene sábanas y mantas también. Si tiene hambre, hay un montón de comida de la recepción del funeral en el frigorífico. Si necesita algo, hágame una lista y luego me la da. Yo voy a ensillar mi caballo porque tengo que salir a ver si encuentro al ganado. Seguramente, estaré fuera toda la tarde.

—Voy a necesitar el corralito de Laura —contestó Maggie—. No creo que tarde mucho en querer echarse la siesta.

—Está en mi habitación. Voy a por él.

Mientras tanto, Maggie sacó a la niña de la silla y Laura se puso a patalear feliz de haber recuperado la libertad.

–Mire, está haciendo aeróbic –le dijo Maggie a Ace cuando volvió.

–No le vendrá mal porque está un poco flaca –contestó Ace dejando el corralito junto a la cama.

–No le hagas caso –dijo Maggie dándole un beso a la niña en cada pie–. Tiene celos porque tus piernas son más bonitas que las suyas.

–No ha visto mis piernas, así que no puede opinar.

Maggie sonrió.

–No, pero sí he visto sus ojos y Laura también los tiene azules.

–Todos los bebés tienen los ojos azules –apuntó Ace acercándose sin embargo.

Tomando su curiosidad como una señal de interés, Maggie decidió empezar a establecer una relación entre ellos dos.

–No todos –le dijo–. ¿Sus hermanos tienen los ojos azules?

–Sí, todos excepto Whit. Él los tiene marrones, pero es mi hermanastro, así que supongo que será por eso.

–Entonces, es normal que Laura los tenga azules –insistió Maggie tomando a la niña en brazos–. ¿Y la nariz? ¿Le parece que tiene la nariz de los Tanner?

Al ver que no contestaba, Maggie se giró hacia él y comprobó que, en lugar de estar mirando a Laura, la estaba mirando a ella.

Obviamente, se había dado cuenta de sus intenciones.

–No lo intente, no va por buen camino –le advirtió.

–¿De qué me está hablando? –dijo Maggie fingiendo inocencia.

–No intente que me sienta conectado con la niña porque no le va a salir bien. Por mucho que se parezca a nosotros, no me va a convencer para que me la quede.

Maggie no contestó, así que Ace se acercó y le levantó el mentón con un dedo.

–¿Entendido?

Maggie sabía que Ace estaba esperando una respuesta, pero tenerlo tan cerca la había dejado sin palabras.

Dixie tenía razón. Aquel Tanner era impresionantemente guapo, pero también testarudo y de carácter fuerte.

Sería tan increíblemente fácil dejarse llevar por sus ojos y caer rendida a sus pies... el llanto de Laura le recordó que no debía hacerlo.

–Está perfectamente entendido –contestó con dignidad–, pero quiero que usted también entienda algo.

–¿De qué se trata?

Maggie lo agarró de la muñeca.

–A mí no me toca un hombre sin mi permiso.

Le encantó ver la sorpresa en sus ojos, aunque no durara mucho.

–No lo olvidaré –le aseguró Ace muy sonriente–. En cuanto a mí, es todo lo contrario.

Puede usted tocarme donde quiera y cuando quiera y yo jamás me quejaré.

Dicho aquello, le guiñó un ojo y salió de su habitación. Y Maggie se quedó allí plantada mirándolo hasta que lo perdió de vista.

¿Podía tocarlo donde quisiera y cuando quisiera? Las imágenes que aquello evocaba en su mente hicieron que se sentara sobre la cama y dejara caer la cabeza entre las manos.

«¿En qué lío me he metido?», se preguntó.

Capítulo Tres

Cuando terminó de darle de comer a Laura, la acostó y se dijo que Ace le había dicho aquello para volverla loca.

¿Para qué lo iba a decir si no?

Desde luego, si ése había sido su propósito, lo había conseguido.

Dos veces se había imaginado acariciándole el rostro, bajando hasta los hombros, deslizando las manos por su abdomen…

Suficiente para imaginarse cuerpos sudorosos y sábanas revueltas.

Enfadada consigo misma por haber caído tan rápidamente en sus redes, Maggie se puso a deshacer el equipaje.

Sabía que compartir casa con un hombre siempre resultaba complicado, pero estaba comprobando que era todavía peor si se trataba de un Tanner.

No los conocía antes de llevar a Laura, pero había oído a muchas mujeres que frecuentaban el Longhorn hablar de ellos y sabía que eran una familia legendaria.

Según contaban, todos eran ricos, guapos y solteros, tres características que los volvían irresistibles a los ojos femeninos, porque una ingente cantidad de mujeres afirmaban que se habían acostado con uno o varios de ellos.

Maggie, sin embargo, no tenía ninguna intención de dejarse encandilar por un hermano Tanner.

Había dejado que el deseo gobernara su vida una vez y no pensaba volver a cometer el mismo error.

Había aprendido a controlar el deseo y aprendería a controlar a Ace Tanner. Lo único que tenía que hacer era concentrarse en su objetivo y no acercarse a él.

Se cambió de ropa y decidió recorrer la casa. Era cierto que había polvo por todas partes, pero para Maggie limpiar aquella casa no iba ser un suplicio sino un placer ya que ella nunca había tenido muebles tan bonitos y devolverles su aspecto original la motivaba.

Ansiosa por comenzar, fue a la cocina, que era mucho más moderna que el resto de la casa.

Cuando vio las sobras del funeral, se quedó con la boca abierta. Desde luego, no iba a haber que cocinar en un mes.

Comenzó la limpieza por la cocina y, una hora después, había terminado. Cuando estaba guardando los productos de limpieza, vio a Ace por la ventana y no pudo evitar quedarse mirándolo.

No parecía un rico ganadero sino un vaquero que volvía a casa después de un duro día de trabajo.

Maggie decidió apartarse de la ventana, pero, cuando lo iba a hacer, vio que Ace se tambaleaba y se llevaba la mano a la frente. Al fijarse, vio que tenía la manga de la camisa rota.

—¿Qué le ha pasado? —le preguntó abriéndole la puerta.

Al ver que tenía la cara cubierta de sangre, que le caía desde la barbilla al suelo, Maggie ahogó un grito, olvidó por completo su decisión de mantener las distancias y bajó corriendo las escaleras del porche.

Cuando llegó a su lado, Ace estaba doblado por la mitad con la respiración entrecortada. Asustada por que pudiera desmayarse, Maggie le pasó el brazo por la cintura para sostenerlo.

—¿Qué le ha pasado?

Ace tomó aire con dificultad.

—Me ha tirado el caballo y he tenido que volver andando —consiguió explicarle.

—¿Está herido?

—No lo sé —contestó Ace tocándose las costillas—. Creo que podría tener una o dos costillas mal.

—¿Y ha vuelto andando? —gritó Maggie—. Bueno, no pasa nada. Ahora, lo más importante es entrar en casa antes de que se desmaye.

—Nunca me he desmayado —contestó Ace intentando zafarse de su brazo.

—Pues será mejor que no sea hoy la primera vez porque le aseguro que no pienso llevarlo en brazos —contestó Maggie apretando con más fuerza.

Lo metió en casa por la cocina y lo hizo sentarse. Una vez sentado, se puso en cuclillas ante él y lo examinó.

–Tiene un golpe bajo el ojo izquierdo.

Ace se tocó e hizo una mueca de dolor.

–Me pondré bien con unos antibióticos.

–No creo –contestó Maggie–. A ver el brazo.

Ace alargó el brazo y Maggie le subió la camisa dejando al descubierto más sangre y barro y dos heridas profundas.

–He debido de caer sobre una roca –murmuró.

Maggie cerró los ojos y tragó saliva.

–Hay que ir al médico.

–No, no pienso ir al matasanos por un par de rasguños –contestó Ace apartando el brazo.

–No son un par de rasguños. Esas heridas van a necesitar grapas y, además, si le duelen las costillas sería conveniente que le hicieran radiografías.

–No hace falta –insistió Ace echándose hacia atrás en la silla para tomar aire–. Creo que no las tengo rotas, sólo magulladas. Hay un botiquín de primeros auxilios en el armario del baño. ¿Me lo trae?

–Es usted el hombre más cabezota que he tenido la desgracia de conocer –murmuró Maggie mientras iba a por él sabiendo que era inútil discutir con aquel hombre.

–Si conociera a mi hermano Woodrow no diría eso. Él sí que es cabezota.

Maggie volvió con el botiquín y se arrodilló ante él.

–Quítese la camisa.

–¿Es una invitación o una orden?

A pesar de su aparente buen humor, era obvio que a Ace le dolían las heridas y lo estaba pasando mal.

–Una orden –contestó Maggie.

–Espero que sepa lo que hace –dijo Ace mientras se sacaba la camisa de los vaqueros.

–Estudio enfermería, así que tengo cierta experiencia con heridas y moratones.

Ace se quitó la camisa con un gesto de dolor al sacar el brazo herido.

–Enfermera, ¿eh? ¿Y es divertido eso de jugar a los médicos?

Maggie se dio cuenta de que Ace necesitaba seguir hablando para distraerse del dolor, así que decidió darle conversación.

Sin embargo, cuando levantó la mirada y lo vio sin camisa, se quedó sin palabras porque tenía ante sí el torso más espectacular que había visto en su vida.

–Hay unos cuantos chistes de enfermeras circulando por ahí, pero ya me los sé todos, así que...

–No, este seguro que no. «Las enfermeras están para salvarte el trasero, no para besártelo».

¿Besarle el trasero? Maggie se sonrojó hasta las raíces del pelo. Tomó un algodón empapado en agua y comenzó a limpiarle las heridas.

–Ése es bueno –contestó tras tragar saliva–. Me lo voy a bordar en el uniforme cuando termine –añadió tomando el bote de antiséptico.

Ace se rió a carcajadas.

—¡Eso quema! —aulló sin embargo al sentir el líquido en las heridas.

—Es mejor un poco de quemazón que una infección —contestó Maggie soplándole para suavizar la sensación.

—Habla como una verdadera profesional.

—Sí, soy la primera de la clase en «Cómo lidiar con pacientes llorones» —bromeó Maggie.

—Dudo mucho que eso sea una asignatura de verdad, pero debería serlo porque supongo que ser enfermera no será fácil.

—A veces, es difícil, sí, pero también es muy gratificante. Lo sé porque, aunque todavía no he trabajado como enfermera, sí he hecho unas prácticas —le explicó Maggie—. Esto le va a doler un poco —le advirtió.

Ace apretó los dientes mientras Maggie le juntaba la piel lacerada para ponerle unas tiras de esparadrapo en transversal.

—¿Por qué quiere ser enfermera? —le preguntó.

—Tuve que cuidar de mi madre enferma. No tenía seguro y tuvo que acudir a los servicios sociales. El personal del hospital en el que la ingresaron era poco eficiente y bastante desagradable. Supongo que, para ellos, el que no tiene dinero para pagar no vale lo mismo que el que sí —añadió encogiéndose de hombros—. Fue entonces cuando decidí hacerme enfermera.

Ace pensó en el estupendo hospital en el que habían tratado a su madre del fulminante cáncer que había acabado con su vida y se dijo que Maggie tenía razón.

—¿Cuántos años tenía cuando murió su madre?

—Dieciséis —contestó Maggie.

—Vaya, su madre debía de ser muy joven cuando murió.

—Tenía treinta y un años.

—¿Treinta y uno? Pero, entonces cuando la tuvo a usted tenía…

—Quince años, sí —concluyó Maggie—. Y no, no estaba casada.

A juzgar por cómo lo había dicho, Ace se dio cuenta de que Maggie no debía de llevar muy bien ser hija ilegítima.

—No recuerdo haberle preguntado eso.

—La gente suele preguntarlo —contestó Maggie terminando con el esparadrapo.

Ace se sintió culpable porque había estado a punto de hacerlo. Quería saber más sobre su madre, pero decidió que no era el mejor momento.

—Así que ha querido ser enfermera desde que tenía dieciséis años.

—Exacto.

—¿Por qué ha tardado tanto en empezar sus estudios?

—El dinero, las circunstancias.

—¿Qué tipo de circunstancias?

—¿Qué pasa? ¿Es un interrogatorio de la Gestapo o qué? —le espetó Maggie poniéndose en pie.

—Sólo era curiosidad.

–Mi ex marido creía que era más importante salir de copas con sus amigos que pagarme los estudios –contestó yendo hacia el fregadero–. Eche la cabeza hacia atrás y cierre los ojos –le indicó al volver con agua limpia.

A pesar de que creía que se iba a negar, Ace obedeció y Maggie suspiró aliviada porque no quería que le hiciera más preguntas.

Le puso una mano en la nuca para sujetarle la cabeza y comenzó a lavarle la cara para retirarle la mezcla de barro, sangre y sudor.

Mientras lo hacía, no pudo evitar fijarse en sus impresionantes rasgos. Al llegar a su boca, le pasó la gasa por los labios, humedeciéndoselos, y se imaginó besándolos.

Aquella imagen la hizo enrojecer y se dijo que debía concentrarse. Acto seguido, tomó de nuevo el frasco de antiséptico y, sin previo aviso, se lo echó.

–¡Dios mío! –aulló Ace–. ¡Sople! ¡Por favor!

Aunque sabía que no era un movimiento muy inteligente, Maggie se inclinó sobre él y le sopló en la herida que tenía bajo el ojo. Acto seguido, sintió el suspiro de alivio de Ace en la mejilla.

–Otra vez –le pidió Ace.

Maggie sabía que no debería hacerlo, pero, al percibir su voz ronca y sus dedos desesperados en el cuello, accedió.

Aquel hombre olía a sudor, cuero y caballo y la mezcla le estaba nublando la razón y le estaba formando un nudo de deseo en la tripa.

Qué fácil sería besarlo… Estaban tan cerca…

Sintió que Ace le apretaba el cuello y, mortificada, se preguntó si le habría leído el pensamiento.

Al levantar la mirada, se encontró con la suya y, para su sorpresa, en las profundidades azules vio el mismo deseo que proyectaban sus ojos.

Ace le miró los labios y Maggie sintió un profundo calor en el pecho, las mejillas, la garganta… además, se le estaba acelerando el pulso.

Sin darse cuenta, se mojó los labios y Ace siguió el movimiento de su lengua completamente anonadado.

—Sabes que esto sería un error, ¿verdad? —le dijo mirándola a los ojos.

—Sí… —contestó Maggie.

Ace se acercó a ella y la besó suavemente al principio, como si quisiera saborear sus labios. A continuación, se apoderó de su boca y de su alma.

El calor fue tan instantáneo, tan cegador y tan fuerte que Maggie tuvo que cerrar los ojos y agarrarse a sus hombros para no caer al suelo.

Quedó cautivada por sus besos. Sabía que debería apartarse, pero no podía. No quería que aquel beso terminara jamás.

—Ven más cerca —le dijo Ace agarrándola de la cintura para que se sentara en su regazo—. Mucho mejor —añadió apartándole el pelo del cuello y besándole el escote.

—Ace —dijo Maggie asustada por lo que estaba sintiendo—, deberíamos…

No le dio tiempo a decirle que deberían parar porque Ace ya se había vuelto a apoderar de su boca.

Maggie se encontró sentada sobre él a horcajadas, pecho contra pecho, entrepierna contra entrepierna y muslos contra muslos.

Percibió su excitación a través de su potente erección y sintió una cascada entre las piernas que la llevó a apretarse contra él.

Lo oyó gemir y comprendió su frustración, que era también la suya. Le pareció que su cuerpo no pesaba y que caía en caída libre, pero se dijo que era sólo una sensación placentera.

Dos segundos después, sus nalgas dieron contra el suelo y Maggie abrió los ojos sorprendida.

Miró a Ace, que tenía la cabeza echada hacia atrás y las mandíbulas apretadas y comprendió que le había pasado algo.

—¿Qué te pasa? ¿Te has hecho daño en las costillas? —le preguntó alarmada.

—¡Has sido tú! —contestó Ace.

—¿Yo? —exclamó Maggie enfadada.

—Si no te hubiera dado el baile ése de San Vito que te ha dado, de delante a atrás, no habría pasado nada.

—Más bien, si tú no me hubieras obligado a sentarme en tu regazo, no habría pasado nada.

—¿Cómo iba yo a saber que estabas tan sedienta de sexo que me ibas a intentar matar?

—¡Aquí el único sediento de sexo eres tú! —lo acusó Maggie enfadada—. Te recuerdo que yo sólo te estaba soplando la herida. Todo lo demás ha sido cosa tuya.

—¿Y qué esperabas que hiciera teniéndote tan cerca?

Maggie se quedó escuchando y se puso un dedo en los labios para indicarle que se callara.

—Mira lo que has hecho. Has despertado a Laura.

—¿Yo?

—Sí, tú —contestó Maggie yéndose.

Frustrado, Ace se puso en pie y le dio una patada a la silla. ¿Por qué todas las injusticias se cebaban con él?

Primero, moría su padre sin dejar testamento y él se tenía que hacer cargo de un rancho sin empleados. Luego, aparecía un bebé que no era suyo, pero del que también tenía que hacerse cargo y, para colmo, había tenido que contratar a una niñera que era un peligro.

«Ella no te pidió que la contrataras», le recordó la voz de su conciencia. «Tú la obligaste a aceptar el trabajo y, además, tiene razón. Lo de hace un momento lo has empezado tú sentándola en tu regazo».

Ace se revolvió incómodo.

Sí, era cierto, había sido culpa suya, pero ¿cómo iba a controlarse teniendo a una mujer acariciándole la cara y soplándole cuando llevaba seis meses haciendo fotos en mitad de las montañas de América Central y lo más cerca que había estado de una hembra había sido una mula que se había hecho amiga suya para robarle la comida?

¡Lo que era de extrañar era que no hubiera poseído a Maggie allí mismo, en el suelo!

Sin embargo, el sexo complicaba las cosas. Siempre era así y Ace lo sabía. No debía mantener una relación física con Maggie.

Era mucho más importante que se ocupara de Laura que de sus apetencias sexuales.

Exhausto por no haber podido dormir aquella noche y cansado por el accidente del caballo, echó la cabeza hacia atrás y cerró los ojos prometiéndose a sí mismo que iba a mantenerse célibe.

Por lo menos, con Maggie.

Capítulo Cuatro

Ace no sabía cuánto tiempo había pasado, pero Maggie había vuelto a entrar en la cocina. ¿Minutos? ¿Horas? Había perdido la noción del tiempo nada más cerrar los ojos.

–¿Está bien la niña? –preguntó.

–Sí.

Ace sintió algo suave en el pecho, una extraña calidez que olía a polvos de talco. Abrió los ojos, miró hacia abajo y se encontró con Laura encima.

–¿Qué haces? ¡No pienso agarrarla!

–Yo no puedo tenerla en brazos y vendarte las costillas a la vez –contestó Maggie.

–No pienso dejar que te acerques de nuevo a mis costillas.

Maggie se cruzó de brazos y lo miró a los ojos.

–¿Eso quiere decir que has cambiado de opinión y estás dispuesto a ir al médico?

–Por supuesto que no. Quítame a la niña de encima.

–En cuanto te haya vendado las costillas –insistió Maggie.

–¡Pero está desnuda!

–No, no está desnuda, lleva unos pañales. Le

he quitado el pijama para que pudiera airearse un rato.

—Pues llévatela a airearse a otra parte.

—¿Y dónde quieres que la ponga? —dijo Maggie mirando a su alrededor—. ¿En el frigorífico? Imposible, está muy lleno y no cabe. ¿Qué te parece el fregadero?

—Muy graciosa.

—No estoy intentando resultar graciosa sino hacerte ver que no hay ningún otro sitio donde dejarla, así que te tienes que aguantar. Deberías comprarle un balancín, le iba a encantar —apuntó Maggie—. Dime si esto te duele —añadió apretándole suavemente las costillas.

Si no hubiera sido porque tenía a la niña encima, Ace hubiera dado un respingo y habría aullado de dolor como un perro.

—Mañana por la mañana quiero que vayas a la ciudad y compres un balancín y todo lo que esta maldita niña necesite —declaró.

—Si me lo pides con tanta dulzura, no me puedo negar —se mofó Maggie—. Póntela en el regazo para que te pueda vendar.

Al ver que Ace no se movía, tomó ella a Laura en brazos, colocó una mantita sobre los muslos de Ace y la dejó allí boca abajo. A continuación, tomó la mano de Ace y se la colocó sobre la espaldita para que no se cayera.

—Échate hacia atrás —le indicó con las vendas en la mano—. No está mal —añadió al terminar.

—Estupendo. ¿Te importa quitarme ahora a la niña de encima?

51

—Espera un momento –contestó Maggie recogiendo el botiquín.

Cuando se disponía a salir para dejarlo en su sitio, se encontró con un hombre mirando por la ventana y, asustada, dio un paso hacia atrás y se chocó contra el hombro de Ace.

—¡Cuidado! –gritó él–. ¡Casi tiras a la niña!

—Es que hay un hombre...

—¿La he asustado? –preguntó el desconocido entrando en la cocina con una gran sonrisa.

—Tu cara asustaría a cualquiera –contestó Ace reconociendo la voz.

—Soy Rory Tanner –se presentó el desconocido quitándose el sombrero y alargando la mano hacia Maggie–. Soy el hermano pequeño de este pelma y, como puede ver, mucho más guapo que él.

—Soy Maggie Dean, la niñera de Laura.

—Ace me había dicho que había contratado a alguien, pero no me había hablado de que fuera usted tan guapa –dijo Rory besándole la mano.

—Por favor, Rory, deja de ligar con ella y quítame a esta niña de encima –gruñó Ace.

Rory se acercó a su hermano.

—¿Qué te ha pasado? ¿Te ha atropellado un camión? –exclamó preocupado.

—Ya le he dicho que debería ir al médico –intervino Maggie–, pero no quiere.

—No quiere porque los médicos le dan miedo.

—¡Eso no es verdad! –gritó Ace.

—Tiene razón, lo que le dan miedo son las agujas –se corrigió Rory chasqueando la lengua–. Una vez, cuando éramos pequeños, pisé un clavo oxidado y Ace me llevó al médico para que me pusieran la vacuna del tétanos. Insistió en pasarlo conmigo y agarrarme la mano mientras me pinchaban, pero, en cuanto vio la aguja, se desmayó.

–Debería haberte dejado morir aquel día –gruñó Ace–. Si no me quitáis a esta niña de encima, la tiro al suelo.

–Ya voy, ya voy –contestó Maggie tomando a Laura en brazos–. ¿Te ayudo?

–Me duelen las costillas, no las piernas –le espetó Ace intentando ponerse en pie.

Por supuesto, no lo consiguió. Suspiró y se resignó.

–Deberías comer algo para recuperar fuerzas –le aconsejo Maggie.

–La verdad es que yo también tengo hambre –dijo Rory.

–Voy a ver qué hay en el frigorífico. Aguántame a la niña.

–No, lo siento. Nunca he tenido un bebé en brazos –se excusó Rory.

Maggie puso los ojos en blanco.

–No muerde.

–No, pero se puede romper.

–Por favor –exclamó Maggie–. Siéntate –le ordenó.

Rory se sentó.

–Tienes que sujetarle la cabeza –le advirtió.

Rory se limpió las palmas de las manos en los vaqueros y alargó los brazos.

–Muy bien, allá vamos.

–¿Ves? No es tan difícil –dijo Maggie entregándole a Laura.

Rory miró a la niña y sonrió.

–Es una monada.

–Preciosa –murmuró Ace enfadado–. ¿Os importa pasarme la botella de whisky?

Ni Rory ni Maggie le hicieron caso, así que Ace arrastró la silla hasta cerca de la mesa, llenó un vaso y se lo bebió de un trago.

Tenía el estómago vacío y el alcohol le provocó náuseas. Seguro de que Maggie intentaría convencerlo de que no bebiera, se sirvió otro vaso.

Sin embargo, Maggie estaba mirando embelesada a la niña, que estaba en brazos de Rory. Por alguna extraña razón, verlos juntos y sonrientes mientras su hermano le daba el biberón a la pequeña lo puso furioso.

–¿No íbamos a comer algo? –ladró.

–Sí –contestó Maggie–, pero primero quería asegurarme de que Rory supiera darle el biberón a Laura. Lo estás haciendo fenomenal –añadió sonriendo a su hermano.

–No es para tanto –comentó Ace mientras Maggie se dirigía al frigorífico–. No hace falta ser muy listo para darle el biberón a un bebé.

–Pues tú no sabes hacerlo –dijo Maggie perdiéndose en el interior de la nevera.

Ace se despertó lentamente con la sensación de que tenía un pájaro carpintero en el cerebro.

Se giró y apretó los dientes al sentir una fuerte punzada de dolor en el lateral.

Recordó que se había caído del caballo, cerró los ojos y tragó saliva cuando le sobrevinieron las náuseas de nuevo.

Volvió a abrirlos cuando consiguió controlarlas y se preguntó cómo habría llegado a su habitación. Lo último que recordaba era estar en la cocina bebiendo whisky sin parar.

¿Lo habría llevado Maggie? ¿Rory?

Seguramente, ninguno de los dos. Debían de estar demasiado ocupados ligando como para ocuparse de él.

De su hermano no lo había sorprendido pues era un ligón natural, pero ¿Maggie? ¿No le había dicho aquella misma mañana que no estaba interesada en los hombres?

«No estarás celoso, ¿verdad?».

¡Por supuesto que no! De hecho, le importaba un bledo que Maggie se liara con Rory.

¿Por qué le iba a importar con quién ligara? Siempre y cuando se mantuviera alejada de él y se ocupara de la niña, todo iría bien.

En ese momento, se abrió la puerta de su dormitorio y Maggie asomó la cabeza. Para su gusto, tenía las mejillas demasiado sonrosadas y una expresión en el rostro demasiado alegre.

—¿Qué quieres? —le espetó.

Maggie frunció el ceño, abrió la puerta y entró.

—Ya veo que sigues de malas pulgas.

—Yo no estoy de malas pulgas —contestó Ace

tapándose con las sábanas pues sólo llevaba puestos los calzoncillos.

–¿Me estás diciendo que siempre estás así de malhumorado? –le preguntó acercándose a él y moviéndole las almohadas.

Al hacerlo, Ace se fijó en su escote y todas sus hormonas se pusieron en movimiento.

–Le tienes que dar las gracias a tu hermano.

–¿Por haberle dado el biberón a la niña?

–No, por haberte llevado a urgencias.

–¿A urgencias? No recuerdo haber estado allí.

–Ése es uno de los efectos de consumir demasiado alcohol, que a la mañana siguiente no te acuerdas de muchas cosas.

Ace la miró anonadado.

–Por cierto, supongo que te gustará saber que no tienes las costillas rotas.

–Ya te lo había dicho.

Maggie le puso la mano en la frente.

–¿Qué haces?

–Mirar a ver si tienes fiebre.

–No tengo fiebre, pero me duele la cabeza.

–No me extraña, eso también es del whisky.

–¿Me das una aspirina?

Maggie fue al baño y se la llevó junto con un vaso de agua.

–Ha llamado tu agente y ha dicho que lo llames cuanto antes porque hay una urgencia –lo informó mientras Ace se tomaba las pastillas.

–Para Max todo es urgente.

–Ha dicho que el libro se había quedado corto y que necesitan más fotografías para editarlo –dijo Maggie dejando el vaso en la mesilla.

–¡Y que más! –exclamó Ace furioso.

–¿Quieres que lo llame y le diga que has tenido un accidente y que no te puedes hacer cargo de ese tema ahora mismo?

–No, lo que quiero es que me traigas una carpeta que hay en el asiento de atrás de mi coche. Es negra –contestó Ace.

Maggie enarcó una ceja.

–¿Cómo se piden las cosas?

–Por favor –contestó Ace sabiéndose entre la espada y la pared.

Maggie sonrió.

–Muy bien, así me gusta.

Un rato después, Ace tenía las fotografías sobre la colcha y las estaba estudiando, preguntándose si alguna le serviría al editor porque, tal y como estaba, volver a Wyoming para tomar más era impensable.

–¿Ace?

–¿Qué? –contestó levantando la cabeza y encontrándose con Maggie con Laura en brazos.

–Voy a ir a la ciudad a comprar cosas para la niña. ¿Cómo pago?

–Déjalo a deber. El Bar-T tiene cuenta en todas las tiendas.

–¿Quieres que te suba algo de comer? No has tomado nada en toda la mañana.

–Sí, la verdad es que tengo hambre.

–¿Tarta de limón y café?

–Muy bien.

Maggie se acercó y dejó a Laura sobre la cama.

–Sólo será un momento –le explicó–. No puedo con la niña y la bandeja a la vez.

–¡Espera! –exclamó Ace.

Pero Maggie ya se había ido.

Ace se quedó mirando a Laura y frunció el ceño.

–No toques nada –le dijo.

La niña lo miró con los ojos muy abiertos, pero Ace volvió a concentrarse en su trabajo, decidido a no hacerle caso.

Sin embargo, al cabo de unos segundos, se encontró mirándola de nuevo.

«La verdad es que es una monada», pensó recordando las palabras de su hermano.

Le acarició la palma de la mano con un dedo y dio un respingo cuando la niña cerró la mano en torno a él.

–Desde luego, tienes fuerza –le dijo haciéndola reír–. Te parece divertido, ¿eh?

Como respuesta, Laura echó las piernas al aire y las volvió a dejar caer.

–Vas a tener que crecer un poco si quieres utilizar esos piececillos algún día.

–Ya crecerá –dijo Maggie desde la puerta.

–Más le vale –murmuró Ace retirando el dedo, avergonzado porque lo había pillado hablando con la pequeña.

–Como no sabía cómo tomas el café, te he traído leche y azúcar.

–Lo tomo solo –contestó Ace aceptando la taza–. ¿No me lo podrías meter por vía intravenosa?

A pesar de que aquel hombre la irritaba, Maggie sonrió.

–No, creo que no.

Mientras Ace se tomaba el café, ella se quedó mirando las fotografías que había sobre la cama. Su curiosidad se centró en las imágenes en blanco y negro.

Tomó una de un alce y la observó detenidamente.

–Ésta es buena –declaró–. ¿Es una de las que tienes seleccionadas para mandar a tu editor?

–Quizá, todavía no lo he decidido.

Maggie se sentó en el borde de la cama.

–¿De qué trata el libro?

–De Wyoming –contestó Ace dejando la fotografía y tomando otra–. Más concretamente, de la fauna y la flora silvestres y de los animales domesticados que se pueden encontrar allí –le explicó pasándole otra fotografía–. ¿Qué te parece ésta?

La imagen mostraba a un niño pequeño con su perro, ambos mojados tras haberse bañado en un lago que se veía a sus espaldas.

–Mejores amigos –contestó Maggie impresionada por la calidad de la fotografía.

Ace se quedó con la boca abierta ante la precisión de su respuesta.

–Exactamente. ¿Y ésta?

A Maggie se le borró la sonrisa del rostro al ver a un perro extremadamente flaco buceando en un cubo de basura. Cerca, se veía a un hombre con un rifle.

–No lo mató, ¿verdad?

–No, el perro está bien –contestó Ace pasándole otra fotografía–. ¿Qué ves en ésta?

Maggie miró la nueva imagen y sonrió.

–El amor de una madre.

–¿Nada más?

–No –contestó Maggie sorprendida–. ¿Qué más querías que viera?

En la fotografía se veía a una cierva tumbada apaciblemente sobre la hierba con su cría al lado. A Ace le trasmitía paz y tranquilidad, pero para Maggie sólo era el amor de una madre.

–Hemos debido de aburrir mucho a Laura porque se ha quedado dormida –comentó.

Maggie sonrió al comprobar que así era.

–Voy a aprovechar para ir a la ciudad.

–Yo tengo que mandar las fotografías a mi agente.

–Si me das la dirección, te lo hago yo.

–No, prefiero ir contigo.

–¿No te duelen las costillas?

–Sí, pero no las tengo rotas, así que... –contestó Ace poniéndose en pie–. No es que tenga nada que esconder, pero supongo que preferirás esperarme fuera.

Capítulo Cinco

El centro de Tanner Crossing estaba dispuesto alrededor de la plaza donde estaba el banco y había cuatro calles principales llenas de comercios.

Maggie avanzaba por una de ellas empujando el cochecito recién comprado de Laura y se paraba en los escaparates.

Le hubiera gustado poder entrar en algunas tiendas, pero había quedado con Ace en verse en una hora en su coche y le había advertido que, si no estaban, se iría sin ellas.

Maggie estaba segura de que cumpliría su amenaza porque él era así. Menos mal que había encontrado casi todo lo que necesitaba en la primera tienda. Allí, en menos de media hora, había comprado una cuna, un balancín y el cochecito.

Había bastado con pronunciar el apellido Tanner para que el mismísimo dueño saliera de la trastienda, la atendiera en persona y le indicara que le llevarían gratis las compras a casa aquella misma semana.

Maggie entró en el supermercado para comprar papillas y pañales.

–¿La puedo ayudar en algo? –le preguntó una mujer entrada en kilos y años.

–Sí, lo cierto es que no sé cuándo es aconsejable empezar a darles papillas de cereales y frutas a los recién nacidos –contestó Maggie.

–¿Aconsejable? Supongo que eso lo habrás leído en algún libro de esos que están tan de moda últimamente. En fin, los padres os volvéis locos con el primer hijo…

A Maggie no le dio tiempo de decirle que Laura no era hija suya.

–Me llamo Myrna Samples y mi marido, John, es el farmacéutico de Tanner Crossing, pero la que más sabe de bebés soy yo –dijo la mujer muy orgullosa–. He tenido cuatro hijos y he ayudado a criar a doce nietos y cinco bisnietos.

–Yo soy Maggie –sonrió Maggie presentándose–. Y ella es Laura.

–Es una preciosidad. ¿Cuánto tiempo tiene?

–Casi cuatro semanas.

–¿Duerme bien por las noches?

–No, se suele despertar entre la una y las dos porque tiene hambre.

–Entonces, le tienes que poner un poco de cereal con la leche –le aconsejó Myrna–. Lo mejor es que le añadas arroz al principio, hasta que sepas si es alérgica a algo.

–Muy bien –contestó Maggie metiendo el paquete en la cesta.

–¿Algo más?

–No, eso es todo.

–Bien, entonces, sígueme –le dijo Myrna conduciéndola a la caja registradora–. ¿Efectivo o con tarjeta?

–¿Lo puede poner a la cuenta del Bar-T?

–¿El Bar-T?

–Sí, bueno, Ace me dijo que no habría ningún problema…

–¿Esa preciosidad es hija de Ace Tanner?

–Eh, no –contestó Maggie preguntándose qué debía decir–. Ace es su… tutor legal.

Myrna la miró fijamente y se rió.

–Bueno, supongo que es una manera como otra cualquiera de describir la relación que hay entre ellos –dijo marcando el precio de la compra–. Firme aquí –le indicó–. Vaya, vaya, y yo que creía que hacía años que Ace había dejado de ocuparse de los asuntos feos de su padre…

–¿Cómo dice?

–No es culpa suya. Buck era un juerguista empedernido y un egoísta. No se ocupó nunca de sus hijos, ¿sabe? Se los dejó a Emma, su pobre esposa. Cuando ella murió de cáncer, el viejo no hizo ningún esfuerzo por cambiar, así que Ace tuvo que hacerse cargo de todo. Pobrecillo, no era más que un chaval… –añadió sacudiendo la cabeza–. Si lo hubieras visto. Sus hermanos lo seguían a todas partes como si fuera su mamá gallina, pero con el paso del tiempo le fueron tomando manía, sobre todo Ry –suspiró–. Supongo que fue porque era el segundo, el que menos edad se llevaba con él. Ace jamás tiró la toalla, a pesar de que la responsabilidad que le había caído encima era terrible.

Maggie se había quedado tan anonadada ante lo que Myrna le estaba contando que no se había dado cuenta de la hora que era y, cuando quiso consultar el reloj, comprobó que debía darse prisa si quería llegar a tiempo al coche.

–Perdone, pero me tengo que ir –anunció con una sonrisa.

–Muy bien, pero, la próxima vez que venga a la ciudad, tráigame a la niña.

–Descuide.

Maggie corrió hasta el coche, pero Ace todavía no había llegado, así que se sentó bajo un gran árbol y, mientras acunaba el cochecito para que Laura estuviera tranquila, rememoró la conversación que acababa de mantener con Myrna.

Se imaginó a Ace cuidando de sus hermanos y comprendió que Myrna lo tenía por un chico bueno, generoso y compasivo, pero no era aquélla la imagen que el Ace adulto proyectaba.

Tal vez, ella tuviera parte de culpa porque no le había dado la oportunidad de explicarle qué sentía por Laura. Simplemente, se la había metido en su casa.

Comprendió que la situación actual de Ace no era fácil. En pocos días, había perdido a su padre, se había tenido que hacer cargo de la herencia y se había enterado de que tenía una hermanastra.

Maggie se sintió culpable por no haberlo comprendido y apoyado.

Al oír unos pasos que se acercaban, levantó la mirada y vio que era Ace. Caminaba con la cabeza gacha, las manos en los bolsillos y los hombros caídos, como si llevara todo el peso del mundo sobre ellos.

Maggie sintió pena por él y se dijo que era por las heridas y la ligera cojera, pero no era sólo eso. Era algo más fuerte lo que la llamaba a correr hacia él y abrazarlo y, de hecho, tuvo que hacer un gran esfuerzo para no hacerlo.

Era deseo.

Cuando Ace la había besado, Maggie había sentido cosas que no había sentido jamás y había deseado cosas que hacía años que no se permitía desear.

Al recordar el beso, clavó las uñas en el banco.

«Laura», se dijo recordándose por qué estaba en casa de los Tanner.

No debía desviarse de su camino porque era muy importante conseguir convencer a los hermanos Tanner de que se quedaran con Laura y la criaran como a una más de la familia.

Maggie tomó aire y se puso en pie decidida, a pesar de todo, a tratarlo mejor a partir de entonces.

–¿Qué tal? ¿Te ha dado tiempo de hacer todos los recados? –le preguntó sonriente.

Tanner no contestó y siguió de largo.

–Sube al coche –le indicó.

«¡Será maleducado!», pensó Maggie.

Sin embargo, se recordó que iba a intentar ser más comprensiva con él y no contestó.

* * *

Maggie aguantó casi diez kilómetros sin hablar con Ace por miedo a arrancarle la cabeza, y lo habría hecho si no se hubiera dado cuenta de que iba en dirección contraria al rancho.

—¿Adónde vamos?

—A tu casa.

—¿A mi casa? ¿Para qué? —preguntó Maggie sorprendida.

—Necesito mirar algunas cosas de Star —contestó Ace—. Las tienes tú, ¿no?

Al pensar en abrir las cajas que contenían las pertenencias de su amiga muerta, Maggie se retorció las manos.

—Sí, lo poco que tenía —contestó—. ¿Para qué necesita sus cosas?

—He contratado a un detective privado y me ha dicho que irá más deprisa si le doy algo más que un nombre, así que espero encontrar algo que me sirva entre las pertenencias de Star.

Maggie intentó recordar lo que Dixie y ella habían recogido en casa de Star tras su muerte, pero no pudo porque lo cierto era que estaba tan dolorida por su perdida que no se había fijado.

—No hay mucho —le explicó—. Ropa, zapatos y unos cuantos artículos personales.

—¿No hay una chequera mi cheques cancelados?

—No, Star no tenía cuenta bancaria, vivía de lo que le pagaban mes a mes.

—Tiene que haber algo —contestó Ace frustrado.

Aunque Maggie dudaba mucho que Ace fuera a encontrar una pista que lo condujera al pasado de Star, no dijo nada.

Para cuando llegaron frente a su casa, sentía un terrible nudo en el estómago que apenas le dejó abrir la puerta. Tomó a Laura en brazos y le dio las llaves a Ace.

Ace abrió la puerta y Maggie lo siguió. Nada más entrar, Ace se paró en seco y Maggie se golpeó contra su espalda.

–¡Maldita sea! –exclamó Ace abanicándose con la mano–. Qué calor hace aquí.

–Lo siento mucho, pero no tengo aire acondicionado –murmuró Maggie dejando a Laura en el sofá.

–¿Tan mal estás de dinero que no te lo puedes permitir?

A Maggie le entraron ganas de decirle que debería probar a ser pobre durante un tiempo, pero se mordió la lengua.

–Un centavo ahorrado es un centavo ganado –le dijo.

–Acabemos con esto cuanto antes, no vaya a ser que nos derritamos.

Maggie estaba deseando tanto como él irse de allí, así que se dirigió a su habitación y llevó una de las cajas que contenían las cosas de Star.

Cuando volvió con la siguiente, Ace había abierto la primera y las pertenencias de su amiga estaban desparramadas por el suelo.

Maggie se quedó mirándolas, cayó de rodillas al suelo y se puso a llorar.

–¿Qué te pasa? –le preguntó Ace con impaciencia.

–Todo esto me parece muy triste. Veintidós años y esto era lo único que Star tenía.

Ace frunció el ceño y se sintió de pronto como un profanador de tumbas. No quería pensar en la dueña de aquellas cosas, no quería saber cómo era y, sobre todo, no quería saber qué pintaba su padre en todo aquello.

–Las cosas materiales no significan nada –dijo metiendo la ropa de nuevo en la caja–. Al final, lo que cuentan son otras cosas. Lo que cuenta es lo que una persona hace en la vida.

–Star no hizo más que dar a luz a Laura, pero supongo que eso cuenta un montón –contestó Maggie mirando a la niña.

–Desde luego, lo mejor que se puede hacer en la vida no es precisamente ser madre soltera.

–¡Cómo te atreves! –estalló Maggie furiosa.

–Es la verdad.

–Aunque sea verdad, no tenías por qué haberlo dicho. Cuando tu padre se negó a casarse con ella, podría haber hecho lo fácil, es decir, abortar, pero no lo hizo y yo creo que eso deja muy claro que era una buena persona.

–Lo que tendría que haber hecho es no quedarse embarazada, para empezar.

–¡Hombre tenías que ser! –exclamó Maggie apretando los puños–. Primero prometéis el oro y el moro, amor eterno y no sé cuántas cosas más para llevaros a una mujer a la cama y, cuando lo habéis conseguido y se queda embarazada, salís corriendo como alma que lleva el diablo. ¡Sois todos iguales!

—Yo jamás he mentido a una mujer para acostarme con ella y te puedo asegurar que nunca he dejado a ninguna embarazada.

—Todavía. En cualquier caso, si alguna vez dejas embarazada a una mujer espero, por el bien del niño, que salgas corriendo como alma que lleva el diablo.

—¿Por qué dices eso?

—Porque ningún niño se merece un padre incapaz de quererlo.

—¿Quién dice que soy incapaz de querer a un niño?

Maggie enarcó una ceja y miró hacia el sofá donde Laura dormía.

—No es mi hija.

—No, sólo es tu hermana.

—Hermanastra.

—Muy bien, hermanastra, ¿y qué? ¿Por eso vas a dejar de quererla o de ocuparte de ella?

—¿Acaso no estoy haciendo todo lo que puedo para localizar a algún pariente de Star para que la niña tenga un hogar?

—Lo que estás haciendo es intentar librarte de ella. ¿Y qué será de ella si no encuentras a nadie?

Ace abrió la boca y la volvió a cerrar. A continuación, vació el contenido de la segunda caja en el suelo. Sólo había ropa.

—Esto es una pérdida de tiempo —declaró poniéndose en pie.

Maggie se quedó mirándolo mientras iba hacia la puerta y salía con un buen golpe. Ella se quedó recogiendo las cosas de su amiga.

«Esto por ser comprensiva y buena con él».

Maggie admiró lo que había hecho y le gustó. La habitación de Laura había quedado muy bien.

Para que la llegada de la niña a casa de los Tanner no fuera demasiado traumática, había decidido simplemente mover algunos muebles para que cupiera la cuna que había llegado aquel mismo día.

El único gran cambio que había efectuado había sido quitar las gruesas cortinas que cubrían los ventanales. Ahora, el sol entraba a raudales y la habitación estaba alegre.

Tomó a Laura en brazos y se sentó con ella en la mecedora. A los pocos minutos, la niña estaba dormida y Maggie se quedó mirándola, preguntándose cómo sería de mayor, si tendría la frágil belleza de su madre o habría heredado los rasgos de los Tanner, los pómulos de Ace.

Ace.

Al pensar en él, echó la cabeza hacia atrás. ¿Qué iba a hacer con aquel hombre? Apenas habían hablado durante aquella semana y casi nunca estaba en casa.

¿Cómo iba a conseguir que se estableciera una buena relación entre los hermanos si Ace nunca estaba allí?

Maggie había pensado en irse porque, así, Ace no tendría más remedio que ocuparse de Laura, pero no lo había hecho por miedo a que, incapaz de hacerse cargo de la niña, la diera en adopción.

Maggie se estremeció al pensar en que Laura iba a tener que pasar las horribles experiencias que ella había pasado de pequeña.

Tricia Dean, su madre, no había muerto tras dar a luz, pero, para lo que se había ocupado de ella, habría dado igual.

Con quince años, vivía en la calle, se había quedado embarazada de Maggie y consumía droga diariamente. Cuando Maggie tenía seis meses, se fue a vivir con un tipo que le suministraba las drogas a cambio de ciertos favores.

Al final, cuando Maggie contaba nueve meses, el Estado se la quitó y la entregó a un hogar de acogida.

Tricia nunca perdió el contacto con su hija, por mucho que los servicios sociales la cambiaran de casa, e incluso logró convencerlos en algunas ocasiones de que estaba limpia y de que podían devolverle a su hija.

Pero esas ocasiones nunca duraban demasiado.

Maggie se crió en diferentes hogares de acogida y a los doce años ya era lo suficientemente avispada como para entender lo que le había pasado a su madre.

El resentimiento que sentía por ella pronto se tornó odio. La despreciaba por ser débil y haber preferido una vida regida por las drogas y la prostitución a una vida tranquila con su hija.

Cuando estaba al borde de la muerte porque la droga había destrozado todos sus órganos, Tricia pidió ver a Maggie.

Al principio, Maggie se negó, pero luego decidió ir a verla para darle las gracias por nada, pero, al llegar al hospital y verla tumbada en una cama, las palabras se le atragantaron en la garganta.

Su madre no era más que un saco de pellejos con dos enormes ojos que miraban a la nada. Tenía poco pelo y estaba atada a la cama.

Sorprendida al verla así, se sentó a su lado y se quedó allí hasta que su madre giró la cabeza y la miró a los ojos.

Al reconocerla, las lágrimas resbalaron hasta la almohada. Aquellas lágrimas no deberían haber conmovido a Maggie, que había sufrido años de abusos y negligencias, pero por alguna estúpida razón la habían emocionado y decidió quedarse a su lado.

Se quedó con ella, agarrándola de la mano, mientras pasaba el síndrome de abstinencia, pidiendo a gritos las drogas que la estaban matando, y humedeciéndole los labios cuando, tras el ataque, parecía entrar en un estado comatoso.

Las horas se hicieron días y los días semanas y Maggie se quedó con ella rezando para que muriera y, mientras llegaba su hora, Maggie se prometió que jamás cometería los mismos errores que su madre, que jamás dependería de nadie ni de nada.

Había faltado a su promesa una vez, pero había sido suficiente para estar a punto de perder la confianza en sí misma y la dignidad, incluso la cordura.

Gracias a Dixie había conseguido salir de aquel agujero negro y empezar una vida nueva.

–Tú nunca tendrás que pasar por todo eso –le dijo a Laura con lágrimas en los ojos–. Tú eres una Tanner.

Capítulo Seis

Ignorar a la persona que vive en la misma casa que uno no es fácil. Ace lo estaba consiguiendo quedándose por las noches en el despacho de su padre, yéndose a dormir de madrugada y levantándose nada más amanecer.

Nada más desayunar, se iba a las oficinas de la empresa familiar de la ciudad y se pasaba el día entero allí, acompañado por abogados y economistas, intentando solucionar la herencia de su padre.

Había decidido irse cuanto antes de Tanner Crossing, pero antes de hacerlo tenía que dejar las pertenencias de su padre divididas.

Tras mirar la inmensa mayoría de los documentos de Buck, había llegado a la conclusión de que lo que más había eran tierras, edificios, almacenes y casas, aparte de ciertas inversiones en Bolsa.

Lo más importante era el rancho y, hasta que hubiera encontrado un capataz de confianza, estaba encerrado en él.

Con Maggie.

Ace suspiró, paró el coche y apagó el motor. Sabía que Maggie estaba en casa y era consciente de que no iba a poder seguir evitándola para siempre.

Le debía una disculpa, una gran disculpa por lo que había dicho sobre Star. Recordar cómo había pagado con Maggie la frustración que le producía el comportamiento de su padre lo avergonzaba.

No era que no quisiera a Laura porque fuera su hermanastra. Eso a él le daba igual. No quería quererla porque no quería asumir la responsabilidad que le correspondía a su padre y no a él.

Durante años había tenido que reparar sus errores, las horribles situaciones producidas por su egoísmo, y no quería volverlo a hacer.

Jamás.

Sin embargo, de momento, aquello iba a tener que esperar porque debía pedir perdón. Esperaba encontrar a Maggie en la cocina preparando los biberones de Laura para el día siguiente, pero no estaba allí.

Entonces, se dirigió a su dormitorio, pero tampoco la halló. Al darse cuenta de que el corralito tampoco estaba, se quedó de piedra.

Al volver al pasillo, vio que la puerta de la habitación de enfrente, que siempre estaba cerrada, estaba abierta.

Miró dentro y lo sorprendió lo clara y alegre que estaba. Los muebles habían cambiado de lugar y había una cuna en el centro.

Al entrar, vio a Maggie sentada en la mecedora con Laura en su regazo. Tenía la cabeza echada hacia atrás y los ojos cerrados, como disfrutando de los últimos rayos de sol que entraban por el ventanal y las bañaban a ambas.

Aquella escena le recordó a su madre sentada en la misma mecedora con una de sus hermanos en el regazo, normalmente Rory, porque le costaba dormirse.

Su madre lo acunaba y le cantaba. Ace no se acordaba de la letra de la nana, pero sí de la melodía y de su voz… suave, dulce y calmada.

Él solía sentarse en el pasillo, deseando ser pequeño de nuevo para que lo acunara a él. Todavía recordaba lo bien que se sentía cuando lo hacía y le acariciaba el pelo mientras tanto. Todavía recordaba que su madre siempre olía a rosas.

Poco a poco, el recuerdo fue dando paso a la realidad. Ahora, era Maggie la que estaba sentada en la mecedora.

Ace se dio cuenta de que quería mecerse en aquel mueble que había hecho su bisabuelo. Pero no quería hacerlo solo, no. Quería tener a Maggie en su regazo, quería sentir su cabeza apoyada en el hombro, las caricias de sus dedos en la cara, la humedad de su aliento en el cuello…

Ace apretó los puños al darse cuenta de cuánto la deseaba, pero hacía tantos años que no se permitía desear ni necesitar nada que ni siquiera se atrevía a pensar en el nivel de sentimiento que aquella necesidad generaba.

No sabía si se atrevía a abrirse tanto, así que decidió quedarse en la puerta, asustado de avanzar hacia ella a pesar de que era lo que más deseaba en el mundo.

—¿Ace? ¿Pasa algo?

Ace negó con la cabeza.

—Tenemos que hablar.

—¿Ahora?

—Sí —contestó Ace—. Mejor, fuera —añadió prefiriendo salir de aquella habitación que tantos recuerdos tenía para él.

Maggie lo miró con curiosidad, pero se levantó, dejó a Laura en la cuna, encendió el aparato que le permitía oírla y lo siguió al pasillo.

Una vez fuera, Ace tomó aire para apaciguar la tensión que se había apoderado de su cuerpo.

—Demos un paseo —le dijo señalando un sendero que salía hacia la izquierda.

A continuación, se metió las manos en los bolsillos y comenzó a subir la ladera. Hasta que no estuvo arriba del todo, delante de la verja de hierro, no se dio cuenta de que inconscientemente quería ir al cementerio familiar.

Oyó los pasos de Maggie a sus espaldas. Cuando llegó a su lado, sus brazos se rozaron y Ace sintió una descarga eléctrica que le hizo tragar saliva.

—¿Tienes familia enterrada aquí? —le preguntó Maggie mirando a través de la verja de hierro.

—Sí —contestó Ace rezando para que no le preguntara por qué la había llevado allí.

A continuación, abrió la verja y entró. Las tumbas, colocadas de manera desordenada, se alineaban una detrás de otra.

Las más antiguas estaban cubiertas por el musgo y era imposible leer los nombres y las fechas, pero Ace se lo sabía de memoria porque había oído la historia de la familia en innumerables ocasiones.

—Ahí descansa el general Nathaniel Johnson Tanner —le explicó señalando una lápida—. Fue un soldado confederado valiente y leal que cayó muerto en una batalla con su tropa —añadió caminando hacia otra con cuidado de no pisar algunas que habían quedado cubiertas por el césped—. «Elizabeth Eddison Tanner e Infant Son Tanner. Dejaron esta tierra juntos con mi querida Lizzy llevando a nuestro hijo en sus entrañas para ponerlo ante los pies de nuestro Señor».

Mientras Ace avanzaba entre las tumbas hablando como si fuera un guía turístico, Maggie, sorprendida con su comportamiento, se preguntó de qué querría hablar con ella y por qué había elegido aquel lugar para mantener la conversación.

Cuando llegaron a una parte del cementerio en la que las lápidas eran más recientes, Ace aminoró la marcha y se colocó ante una tumba que todavía tenía la tierra removida.

Dando por hecho que era el lugar donde descansaba su padre, Maggie se quedó a una distancia prudente para concederle unos minutos.

Sin embargo, cuando lo vio sentarse en un banco de piedra que había enfrente de la tumba, Maggie se dio cuenta de que era la lápida que había al lado la que había estado mirando.

Se acercó con curiosidad y leyó lo que había escrito en el granito rosa.

Emma Louise Tanner
Esposa de Buck Tanner

—¿Era tu madre? —le preguntó.
Ace asintió lentamente.
Maggie se sentó a su lado en el banco y dejó pasar el rato en silencio, suponiendo que tarde o temprano le hablaría de lo que le quería contar.

Mientras esperaban, comenzó oscurecer y un coyote aulló en la distancia. Maggie se estremeció y decidió que prefería volver a casa cuanto antes.

—¿De qué querías que habláramos?
Ace la miró como si acabara de salir de un trance, se agachó, arrancó una margarita y se puso a darle vueltas entre los dedos pulgar e índice.

—Del otro día —contestó tímidamente.
Maggie supo al instante a lo que se refería.
—Te escucho —lo animó.
—Te quería pedir perdón porque... por lo que dije de Star, no debería haber hablado así de ella.

–No, no deberías haberlo hecho porque no la conocías de nada.

–Estaba enfadado y lo pagué contigo. Te pido perdón.

–¿Estabas enfadado conmigo? –preguntó Maggie sorprendida.

–No, con mi padre –contestó Ace mirando de nuevo hacia la tumba de su madre–. Como has visto, no hay ningún epitafio bonito escrito sobre la lápida. Solamente «esposa de Buck Tanner». Se debía de creer que era un gran honor para ella ser su esposa.

–Para ti y para tus hermanos era mucho más que eso, ¿verdad?

–Sí, mucho más –suspiró Ace queriendo compartir de repente sus recuerdos con Maggie–. Cuando éramos pequeños, mi madre nos dejaba jugar un rato fuera después de cenar, antes de meternos en la cama. Solía quedarse sentada en el porche, mirándonos, mientras acunaba a Rory. A veces, cuando había terminado pronto los quehaceres de la casa, jugaba con nosotros. Jugábamos al pañuelo, a polis y cacos y a un montón de cosas a las que jamás se nos hubiera ocurrido jugar en el colegio. Claro que, con tal de estar con ella, habríamos jugado a las muñecas. Tenía un carácter tan dulce que todo lo volvía agradable y divertido. En verano, cuando el huerto daba sus frutos, nos hacía helado de sandía y nos lo comíamos por las noches sentados en el porche con ella. Luego, hacíamos un concurso para ver quién llegaba más lejos escupiendo las pepitas –recordó Ace chasqueando la lengua–. Woodrow, Ry y yo nos volvíamos locos por ganar.

Maggie miró a Ace, que estaba de perfil, y se sorprendió ante la sonrisa que se había dibujado en sus labios.

–Debías de quererla mucho –le dijo envidiando sus recuerdos.

–Sí –admitió Ace.

–¿Cuántos años tenías cuando murió?

–Doce. Murió de cáncer. No hubo nada que hacer –contestó Ace girándose hacia ella–. Me dijiste que a tu madre la trataban de manera diferente en el hospital porque no tenía dinero, ¿verdad?

–Sí, ¿por qué?

–Mi madre tuvo el mejor tratamiento, una habitación privada, una enfermera para ella sola, buena comida. Supongo que el dinero que mi familia había donado al hospital hizo posible todo aquello –le explicó–. Sin embargo, hay una cosa que aquel dinero no pudo comprar.

–¿Qué?

–Tiempo.

Maggie lo miró con tristeza.

–¿Estuvo mucho tiempo ingresada?

–Un par de semanas, tres si contamos los días de las pruebas, pero no murió en el hospital. Quería morir en su casa, en su cama, y así ocurrió.

–Aquello debió de ser difícil para tu padre.

–¿Para Buck? Lo habría sido si hubiera estado allí.

81

Maggie lo miró sorprendida.

—¿Estaba de viaje por motivos de trabajo?

—Mi padre no solía tener necesidad de viajar, pero solía pasarse la mayor parte del tiempo en una casa que tenía en la ciudad y en la que se veía con su amante de turno.

Star le había hablado de aquella casa, pero a Maggie la sorprendió que Ace también supiera de su existencia.

Tal vez, aquello explicaba por qué no tenía ningún afecto por su padre, pero también le hizo plantearse otra cosa.

—Si tu padre no estaba en casa para cuidar de tu madre, ¿quién se ocupó de ella?

—Teníamos una enfermera desde las seis de las mañana hasta las diez de la noche y el turno siguiente lo hacía yo.

—¿Tú? Pero si no eras más que un niño.

Ace se encogió de hombros.

—Eso daba igual. Al principio, pensé que la quimioterapia era lo peor porque la había dejado muy débil, pero luego me di cuenta de que lo peor era la espera.

—¿La espera de qué?

—De la muerte.

Maggie se estremeció al recordar cómo ella también había esperado que la muerte llegara a llevarse a su madre, cómo incluso había rezado para que aquello ocurriera cuanto antes.

—Tenía miedo —recordó Ace con voz temblorosa—. A veces, la oía llorar por la noche. Entonces, iba a su habitación para ver si la podía ayudar en algo, pero no podía hacer nada por ella. No sabía qué decirle, así que solía tumbarme junto a ella en la cama y la abrazaba.

Aquellas palabras emocionaron a Maggie.

—Eso fue lo mejor que pudiste hacer por ella —le aseguró—. En esos momentos, saberse querida era lo mejor.

—Era lo único que podía darle.

—La echas mucho de menos, ¿verdad?

Ace sintió que se le formaba un nudo en la garganta y asintió despacio.

—Lo siento mucho —le dijo Maggie con lágrimas en los ojos.

Ace había oído aquellas tres palabras muchas veces, pero era la primera ocasión en la que la sinceridad y el calor de la persona que las pronunciaba le llegaban tan adentro.

Aquellas palabras le llegaron tan hondo que sintió que las emociones que había conseguido tener controladas durante años se liberaban de sus ataduras.

Entonces, echó la cabeza hacia delante e intentó no llorar. Miró a Maggie de reojo y vio que ella sí estaba llorando. Además, tenía los puños apretados. Ace comprendió entonces que intentaba controlarse también.

La abrazó para consolarla porque era obvio que ella también había sufrido mucho. La abrazó hasta que dejó de llorar y, cuando lo hizo, le acarició el pelo y la besó, saboreando la sal de sus lágrimas en sus labios.

Maggie se estremeció sorprendida y Ace la besó con pasión. Maggie le pasó los brazos por el cuello y le devolvió el beso con la misma intensidad.

Maggie.

Ace estaba asustado por lo que sentía por aquella mujer. Dejó de besarla y la miró a los ojos, que estaban borrachos de deseo.

Le acarició los labios y deseó volverla a besar, pero no lo hizo porque no estaba seguro de sí mismo, no sabía si iba ser capaz de parar.

—Será mejor que volvamos a casa –le dijo–. Mañana es sábado y van a venir mis hermanos a ayudarme a localizar el ganado.

Maggie tragó saliva, asintió y se puso en pie. Ace también se puso en pie, la agarró de la cintura y la miró a los ojos.

—¿Maggie?

—¿Sí?

—Yo... muchas gracias –le dijo apretándole la mano.

Maggie estaba tumbada en la cama mirando al techo. No tenía sueño. Por enésima vez desde que se había acostado se preguntó quién era aquel hombre.

Aquella noche, Ace le había dejado ver un aspecto de sí mismo que Maggie jamás había soñado que existiera.

Le había hecho ver que era capaz de ser tierno, algo que ella nunca hubiera imaginado viendo lo frío y distante que era.

Y lo peor era que había descubierto en él una pasión que quería volver a tener la oportunidad de experimentar.

Maggie se tocó los labios, cerró los ojos e intentó recordar todos los detalles. Su olor masculino, sus manos en su pelo, el desesperado latir de su corazón, sus labios, el poder seductor de sus caricias y el dominio de sí mismo que había sentido bajo todo aquello.

Recordó una y otra vez toda la secuencia y cuando, por fin, consiguió quedarse dormida, soñó con Ace.

Todavía no había amanecido del todo cuando Maggie se despertó a la mañana siguiente y fue a la cocina a preparar el desayuno.

Aquel día llegaban los hermanos de Ace. Como no sabía si iban a desayunar todos allí, puso una gran bandeja de panecillos en el horno.

Mientras preparaba salchichas, se preguntó cómo iba a reaccionar cuando volviera a ver a Ace.

–¿Maggie?

Sorprendida, dejó caer la espátula al suelo y se giró. Allí estaba Ace, con el torso desnudo, una camisa en una mano y un rollo de esparadrapo en la otra.

–No te había oído –le dijo.

–Lo siento –se disculpó Ace–. Voy a montar a caballo y he pensado que sería mejor que me vendaras las costillas –añadió entregándole el esparadrapo.

Maggie tragó saliva y se limpió las manos en el delantal.

–Espera un momento a que termine con las salchichas.

Acto seguido, las metió también en el horno, rezando para que Ace creyera que el sonrojo de sus mejillas se debía al calor de la cocina.

–Vamos allá –dijo por fin.

–Huele muy bien –comentó Ace acercándose a ella.

–He hecho salchichas, panecillos y salsa –lo informó–. Como no sabía si tus hermanos iban a desayunar aquí, he preparado comida como para un regimiento –añadió haciendo todo lo posible para no mirar su torso desnudo–. Levanta los brazos.

–Has hecho muy bien –contestó Ace obedeciendo–. Los Tanner siempre tienen hambre.

«Y unos cuerpos estupendos», pensó Maggie mientras le vendaba el pecho.

Tras haber dado cuatro vueltas, remató el vendaje con un trozo de esparadrapo.

–Ya está –anunció.

–Gracias –sonrió Ace–. Yo solo no podía.

–De nada –contestó Maggie girándose.

Ace la tomó del brazo y la obligó a mirarlo.

–Maggie... lo de anoche...

Maggie aguantó la respiración, rezando para que no le dijera que se arrepentía de haberla besado, que no le dijera que todo había sido un terrible error.

—¿Sí?

—Lo de anoche fue... especial —contestó Ace abrazándola—. Tú eres especial.

Maggie no se podía creer lo que había oído.

—Yo nunca hablo de mi familia —confesó Ace—. Supongo que es porque los recuerdos todavía me duelen, sobre todo los de mi madre. Eres la primera persona a la que le he hablado de ella, eres la primera persona que he sentido que me iba a comprender. Quiero que sepas que eso significa mucho para mí y quiero darte las gracias por haberme escuchado.

Maggie entendía que haberse abierto a ella había sido un paso monumental para un hombre como Ace. También entendía que hacerlo lo iba a ayudar a sanar las viejas heridas de su corazón, un corazón que Maggie esperaba se abriera lo suficiente como para aceptar a Laura en él.

—Siempre que quieras hablar, te escucharé —le prometió poniéndole una mano en el pecho.

—Gracias —contestó Ace—. La verdad es que me gustaría que estuvieras dispuesta a algo más que a escuchar —añadió enarcando una ceja.

Maggie se quedó rígida, sin entender completamente el significado de sus palabras.

Ace sonrió y la abrazó.

—Anoche fue especial por otra razón. Estamos bien juntos y yo creo que los dos nos dimos cuenta.

—Sí, supongo que sí.

Ace frunció el ceño como si estuviera considerando las complicaciones que se podían derivar de aquello.

–Las cosas se pueden complicar.

Maggie se mojó los labios al sentir la boca repentinamente seca.

–Sí dejáramos que las cosas se descontrolaran, supongo que así sería.

Ace dio un paso atrás, la agarró de los brazos y la miró a los ojos.

–No tengo intención de volver a casarme –le advirtió.

–Yo tampoco –contestó Maggie.

–Además, viajo mucho y no suelo estar en casa más de una semana seguida.

–Yo estoy muy ocupada con mis estudios.

Ace sonrió encantado.

–Parece que somos la pareja perfecta.

Antes de que a Maggie le diera tiempo de contestar, sintió los labios Ace sobre su boca y sus dudas se disiparon.

Además de estar de acuerdo en sus expectativas de vida, sus cuerpos se acoplaban perfectamente. Sus curvas se moldeaban contra los ángulos del cuerpo de Ace como si hubieran sido especialmente diseñadas para ello.

Sus besos, tiernos al principio, se tornaron apasionados y Maggie sintió sus pulgares en los pezones, ya erectos de deseo.

De repente, Ace se separó de ella y miró hacia la puerta.

–Maldita sea, ya han llegado.

—¿Quiénes? –preguntó Maggie confusa.

—Mis hermanos –contestó Ace poniéndose la camisa–. ¿No te acuerdas de que tenían que venir para ayudarme con el ganado?

Maggie estaba demasiado confusa como para contestar.

—Ya terminaremos esto más tarde –concluyó Ace dándole un beso en la boca, sonriendo y guiñándole un ojo.

En ese momento, se abrió la puerta de la cocina y Maggie se giró, se ajustó la camiseta e intentó disimular su zozobra.

—Ya iba siendo hora de que llegarais –dijo Ace metiéndose la camisa por los vaqueros, aparentemente tan tranquilo de que sus hermanos hubieran estado a punto de pillarlo besándose con la niñera en la cocina–. Ese feo que ves es el doctor Ryland Tanner, al que en casa llamamos Ry –le presentó a Maggie.

—Encantado –dijo el aludido quitándose el sombrero y sonriendo a Maggie.

—Éste es Woodrow –añadió Ace refiriéndose al segundo hermano que había entrado–. ¿Te acuerdas que te hablé de él?

—Sí, el cabezota, ¿no? –contestó Maggie.

Al oír aquello, Woodrow se dobló por la mitad, tomó a Ace como un saco de patatas y emitió un rugido como el de un león.

—¿Cabezota yo? Aquí el único cabezota es él. Yo soy sólo un poco tozudo –contestó dejando a su hermano en el suelo y metiéndose un panecillo en la boca.

–Encantada de conocerte, Woodrow –dijo Maggie anonadada ante el despliegue de fuerzas que acababa de ver.

–Lo mismo digo.

Ace se peinó y señaló a otro de sus hermanos.

–El tímido y callado que siempre está en el rincón es Whit –continuó.

Al darse cuenta de que hablaban de él, el aludido se sonrojó.

–Encantado de conocerte.

Maggie sonrió ante las tímidas maneras de Whit.

–El placer es mío.

Ace miró a Rory, que estaba cerrando la puerta.

–Y a éste ya lo conoces –concluyó.

Aliviada por ver una cara familiar en aquella habitación llena de desconocidos, Maggie se acercó a Rory.

–Hola, Rory. Me alegro de volver a verte –le dijo con la mano extendida.

Rory la ignoró, la tomó en brazos y le dio una vuelta.

–No tanto como yo –gritó apretándola contra sí y plantándole un beso en los labios–. ¿Huele a salchichas?

Maggie se puso la mano en la frente porque se había mareado.

–Sí, también hay panecillos y salsa si tienes hambre –contestó.

Rory se frotó las manos y se acercó a la mesa donde estaba dispuesto el desayuno.

–No os acerquéis –bromeó mirando a sus hermanos–. Me lo voy a comer todo.

–No, de eso nada –gruñó Ace agarrándolo del brazo–. Nos tenemos que ir.

Maggie lo miró sorprendida al detectar enfado en su voz.

–¿Qué mosca te ha picado? –dijo Rory.

–Ninguna –contestó Ace poniéndose el sombrero–. Venga, vamos. Tenemos mucho trabajo por delante.

–¿No vais a desayunar? –gritó Maggie desde la puerta.

–Han venido a trabajar, no a comer –gruñó Ace.

Woodrow, Ry y Whit siguieron obedientemente a su hermano mayor. Rory, sin embargo, se acercó a la mesa.

–¿Quién demonios se cree que es? –gruñó también rellenando un panecillo con salchichas–. No es nadie para decirme lo que puedo y no puedo hacer como si fuera un mocoso. Ya veremos quién aguanta más... No te preocupes, no le voy a hacer nada –añadió al ver la cara de preocupación de Maggie–, pero no sé qué le tendrá preparado su caballo –sonrió–. ¡Eh, esperadme! –gritó saliendo por la puerta.

Maggie se quedó mirando por la ventana mientras los hermanos ensillaban sus caballos y montaban y se preguntó por qué Ace se había enfadado tanto con Rory que incluso había llegado a negarle el tiempo para comer algo.

Incapaz de dar respuesta a aquella pregunta, se quedó mirándolos atentamente. Aunque se parecían entre ellos, cada hermano era diferente.

Woodrow era el más grande y fuerte de todos y la verdad era que tenía apariencia de pocos amigos. Claro que Ry tampoco se quedaba corto, aunque Maggie sospechaba que su brusquedad se debía a la impaciencia.

Había observado cómo daba golpecitos con el pie en el suelo y había pensado, al fijarse en que tenía el ceño perfectamente fruncido, que aquel hombre no era feliz, aunque no sabía por qué.

Al fijarse en Whit, no pudo evitar que se le encogiera el corazón. Cabalgaba un poco apartado de los demás, como si el hecho de ser hermanastro lo marcara. Maggie se preguntó si eran los demás hermanos los que lo dejaban aparte o era el mismo quien se apartaba.

Rory alcanzó al grupo al galope y Maggie volvió a preguntarse por qué Ace se había mostrado tan tosco con él. ¿Habrían tenido algún problema? ¿Estaría Ace celoso?

Intrigada por aquella posibilidad, se fijó en él, que iba a la cabeza del grupo. Montaba a su caballo con decisión y Maggie recordó sus palabras.

«Estamos bien juntos».

Se estremeció y tocó el cristal. Sí, ella también pensaba lo mismo, pero ¿a qué precio? Maggie no estaba dispuesta a que ningún hombre volviera a controlar su vida y, además, no quería poner en peligro la seguridad y la felicidad de Laura por sus intereses personales.

«¿La pareja perfecta para ser felices o la pareja perfecta para que todo salga mal?», se preguntó recordando las palabras de Ace.

Capítulo Siete

Maggie no tenía ni idea de a qué hora iban a volver Ace y sus hermanos y, para no ponerse nerviosa, puso varias lavadoras y limpió la casa.

Mientras lo hacía, recordó las últimas palabras de Ace.

«Ya terminaremos esto luego».

Las posibilidades eran infinitas y Maggie se estremecía de placer cada vez que se le ocurría una, pero, a medida que las horas fueron pasando, la anticipación se fue tornando miedo.

¿De verdad quería tener una relación física con un hombre? Tras divorciarse, se había prometido no acercarse a ellos.

Sin embargo, pensó que ahora era una mujer más madura y sabía más de la vida que cuando se había embarcado en su desastroso matrimonio. Ahora, sabía que el grado de dependencia lo marcaba ella.

¿Pero y Laura? ¿Cómo afectaría al futuro de la niña que tuviera una relación con Ace? Tras mucho pensarlo, concluyó que no se vería perjudicada.

Miró a la pequeña, que se había quedado

dormida en sus brazos. Se había hecho de noche. Oyó pisadas y rezó para que fuera Ace.

Sí, efectivamente, era él. Apareció en la puerta de la habitación de Laura, pero Maggie sólo veía su silueta porque la luz estaba apagada.

—¿Está dormida?

—Sí —contestó Maggie—. ¿Habéis encontrado al ganado?

—Creo que hemos encontrado la mayor parte. Lo hemos llevado al norte, donde hay mucho pasto y agua —le explicó Ace—. ¿La metes en la cuna?

Maggie asintió, se puso en pie y dejó a Laura en su cuna. La niña se quejó levemente y Maggie se arrodilló a su lado y le dedicó palabras de consuelo hasta que se calmó y se volvió a dormir.

Sintió que tenía a Ace detrás, se giró y se encontró con sus ojos. Sin mediar palabra, la tomó de la mano y la guió al pasillo. Una vez en el rellano de la escalera, la besó y la apoyó en la pared.

Maggie se dio cuenta de que la deseaba, lo vio en sus ojos cuando le sonrió y le acarició los labios.

—Llevaba todo el día pensando en esto. Casi me vuelvo loco.

—Yo también —admitió Maggie.

Ace le tomó el rostro entre las manos.

—Quiero hacer el amor contigo —le dijo—. También he estado pensando en eso.

Maggie cerró los ojos mientras Ace le acariciaba los brazos y entrelazaba los dedos con los suyos.

–He estado pensando en acariciarte –susurró besándola suavemente–. En besarte y en abrazarte –añadió deslizando los labios por su cuello–. Tu olor me persigue –murmuró–. Hueles a rosas –dijo chupándole la piel–, pero sabes a pecado.

Maggie sintió que las piernas apenas la sostenían.

–Ace…

–Tú también quieres hacer el amor conmigo, ¿verdad? –dijo Ace separándole las piernas con la rodilla.

Al sentir el muslo en la entrepierna, Maggie se quedó sin aliento.

–Sí –balbuceó.

Al oír la respuesta que esperaba, Ace le tomó las nalgas y se apretó contra ella. Maggie sintió su erección y lo besó con pasión.

Ace la tomó en brazos para llevarla a su dormitorio y Maggie lo abrazó y lo dejó hacer. Una vez allí, la dejó junto a la cama.

–Maldición, me tengo que duchar –anunció–. Huelo fatal. ¿Te quieres duchar conmigo? –le propuso besándola.

Maggie sonrió.

Sin dejar de besarse, llegaron al baño y, sin encender las luces, entraron y, mientras se llenaba la bañera, Ace se quitó la camisa.

Maggie no pudo evitar acariciarle el pecho. A continuación, le deshizo el vendaje que le había colocado horas antes, lo volvió a acariciar y le soltó la hebilla del cinturón.

Los movimientos se tornaron urgentes, frenéticos y en un abrir y cerrar de ojos ambos estaban desnudos.

Ace se apartó un momento y abrió un cajón.

–Protección –anunció sacando un preservativo y colocándoselo.

Abrió la puerta de la ducha y pasaron al interior, que estaba lleno de vaho. Ace tomó una pastilla de jabón, se enjabonó las manos y se la pasó a Maggie, que hizo lo mismo y comenzó a enjabonarle el pecho.

Con el agua cayéndoles por encima, se besaron y se acariciaron con las manos llenas de espuma, lo que confería más sensualidad a una situación muy erótica de por sí.

Ace deslizó una mano entre sus piernas y Maggie ahogó un grito de placer. Jamás había sentido nada así.

Mientras le murmuraba palabras al oído, la agarró de las nalgas y la apretó contra su cuerpo sin dejar de acariciarle la entrepierna.

Maggie echó la cabeza hacia atrás y se perdió en el mundo de las sensaciones, totalmente entregada a él.

Sintió sus labios en el cuello. Aquello era una tortura y un placer a la vez. Maggie se aferró a sus hombros. Ace encontró el centro de feminidad e introdujo un par de dedos en su cuerpo haciéndola gemir.

Desesperada, lo besó con pasión, buscando una satisfacción que sólo él podía darle.

–Te deseo –le dijo–. Quiero sentirte dentro de mí.

Ace la levantó colocándole las piernas alrededor de su cintura, le apoyó la espalda contra la pared y, sin dejar de besarla, se introdujo en su cuerpo.

Una vez dentro, le dio unos segundos para que se acomodara a él y, entonces, comenzó un ritmo que Maggie siguió gustosa.

Mientras se movían al compás, el agua caía a su alrededor y el vapor los envolvía. Maggie sintió una increíble tensión por todo el cuerpo, abrazó a Ace del cuello y se dejó ir al mismo tiempo que él.

Tras descansar unos segundos la cabeza sobre su hombro, le retiró el pelo de la cara y lo miró a los ojos.

–Ha sido estupendo –le dijo.

–¿Sólo estupendo? –bromeó Ace.

Maggie se rió.

–Increíble –concedió–, impresionante, el mejor sexo de mi vida.

–Pues esto no ha hecho más que empezar –le advirtió Ace tomándole un pezón entre los dientes–. Creo que es mejor que sepas que los Tanner somos famosos porque aguantamos mucho.

–¿De verdad? –contestó Maggie enarcando una ceja y deslizando una mano entre sus cuerpos hasta encontrar su miembro–. Vamos a ver quién aguanta más.

* * *

El lunes por la mañana, Maggie estaba exhausta y saciada.

El viernes por la noche tras salir de la ducha, se habían metido en la cama y habían estado horas haciendo el amor.

Habían dormido un rato, pero se habían despertado en mitad de la noche y habían vuelto a hacer el amor.

El domingo había sido una repetición del sábado. Sólo paraban para atender a Laura. Nada más.

Mientras servía las tortitas, sacudió la cabeza al recordar el fin de semana. Ace la sorprendió agarrándola de la cintura y Maggie echó la cabeza hacia atrás y la descansó en su hombro.

—Buenos días —le dijo con voz somnolienta.

—Buenos días —contestó Maggie girándose y abrazándolo.

Ace la besó hasta derretirla.

—Mmm —se relamió—. Sabes casi tan bien como huelen esas tortitas.

Maggie se rió y dejó los platos en la mesa.

—Me lo tomaré como un cumplido porque las tortitas me salen muy bien.

—Me alegro porque ésa ha sido mi intención —contestó Ace sentándose y poniéndose la servilleta en el regazo antes de servirse sirope.

Maggie se quedó anonadada al ver la cantidad de sirope que se servía.

—Las has empapado.

—Sí, es que me gustan mucho las cosas dulces –sonrió Ace–. Supongo que por eso me gustas tú.

–¿Yo? ¿Dulce? No sabes lo que dices –rió Maggie.

–Eres una mujer muy dulce –le aseguró Ace probando las tortitas–. No siempre, pero casi siempre.

–Menos mal que eres sincero –dijo Maggie sirviéndose sirope.

Ace le acarició la mano.

–Pero sabes dulce todo el tiempo.

–¿Me estás intentando seducir para que me vuelva a ir a la cama contigo?

–¿Lo estoy haciendo bien?

–Imposible –rió Maggie–. Tengo un montón de cosas que hacer.

–¿Por ejemplo?

–Para empezar, tengo que llevar a Laura al médico.

–¿Está enferma? –preguntó Ace palideciendo.

–No, pero le tienen que hacer un chequeo mensual.

–Diles que me pasen a mí la factura –dijo Ace aliviado.

–¿Ace?

–¿Sí?

–¿Te importaría venir conmigo?

–Lo siento, pero la respuesta es «no». No pienso acercarme a la consulta de un médico ni por asomo.

–Pero Ace… –suplicó Maggie–. Eres su tutor

legal. Si no estás para firmar los papeles, a lo mejor no la quieren ver.

–Está bien –cedió Ace comprendiendo que Maggie tenía razón–, pero te advierto que en cuanto haya firmado me voy corriendo.

Ace estaba sentado en la sala de espera de la consulta médica hojeando una revista e intentando no respirar demasiado profundamente porque el olor a antiséptico le estaba revolviendo las tripas.

A su lado, completamente normal, Maggie sostenía a Laura en brazos y le susurraba que no tenía nada que temer, que los médicos y las enfermeras eran buenas personas.

–Sí, ya verás cuando la hayan pinchado un par de veces –murmuró Ace.

En ese momento, salió el médico con una carpeta en la mano.

–Laura Cantrell –leyó.

Maggie se puso en pie.

–Aquí. Vamos, Ace, nos toca.

Ace dejó la revista y vio que el médico lo miraba con curiosidad.

–¿Ace Tanner?

–Sí –contestó con el ceño fruncido.

–Vaya, vaya, vaya –sonrió el facultativo–. Cuántos años.

–¿Ed Clark? –preguntó Ace sorprendido.

–Efectivamente –sonrió el médico alargándole la mano.

–¿Qué tal estás? –sonrió Tanner poniéndose en pie y estrechándosela amigablemente.

–Muy bien, muy bien. Me he enterado de lo de tu padre, lo siento mucho.

–Gracias.

Ed abrió la puerta y pasaron a una consulta.

–¿En qué os puedo ayudar? –les preguntó.

–Hay que hacerle un chequeo a la niña –contestó Ace.

–Vaya, no sabía que tuvieras hijos.

–No es mía. Es de Buck –le explicó Ace.

–A tu padre la edad no lo paraba, ¿eh?

–Parece que no. Mira, te presento a Maggie Dean, es la niñera de Laura. Cualquier cosa que necesite, me la facturas a mí.

Ed sonrió a Maggie y tomó a Laura en brazos.

–La niñera, ¿eh?

–De momento –contestó Maggie.

–Os espero en el coche –dijo Ace yendo hacia la puerta y dando por terminada su misión.

–¿Ace?

Ace se giró hacia Ed, que lo miraba detenidamente.

–Dime.

–¿Llevas un corsé o eso que veo asomar por ahí es una venda?

–Sí, bueno, es que el otro día me caí del caballo.

Ed le devolvió la niña a Maggie.

–¿Y te hiciste también lo de la cara en la caída?

–Sí, pero ya lo tengo mucho mejor –contestó Ace tocándose la cara.

–A ver –dijo Ed acercándose–. ¿Quién te curó?

–Maggie –contestó Ace–. Estudia enfermería.

–¿Ah, sí? ¿Le interesaría trabajar aquí? Estamos buscando otra enfermera –le propuso Ed a Maggie.

–Maggie ya tiene trabajo –le recordó Ace.

–Sólo era una propuesta –dijo Ed encogiéndose de hombros e indicándole a Maggie que le pasara a la niña–. Toma –le dijo a Ace entregándosela–. Quédate con ella mientras le enseño a Maggie la clínica.

–¡Un momento! Yo...

La puerta se cerró tras Ed y Maggie y Ace se quedó a solas con la niña en brazos. La dejó sobre la camilla y se quedó mirando la puerta.

Unos segundos después, se volvió a abrir y apareció una enfermera.

–Hola –lo saludó dejando una bandeja con jeringuillas y agujas junto a la camilla–. Soy Betty, la enfermera del doctor Clark.

–Ace Tanner –se presentó Ace mirando la bandeja con recelo.

–Sí, sé perfectamente quién es usted –le dijo comenzando a desabrocharle la ropa a Laura–. Todo el mundo sabe quién es usted –rió.

–Eh, un momento, ¿qué hace? –gritó Ace al ver que la desnudaba.

–Tranquilo –le dijo Betty–. Sólo la voy a pesar –añadió tomando a Laura y dejándola sobre una báscula–. Cuatro kilos y medio. Muy bien, ahora sólo queda tomarle una muestra de sangre y ya está.

–¿Cómo? –dijo Ace palideciendo–. ¿Para qué necesita una muestra de sangre?

Betty preparó la jeringuilla y le limpió a Laura el tobillo con un algodón empapado en alcohol.

–Para hacerle un análisis. Se lo hacemos a todos los recién nacidos.

Ace se interpuso entre la enfermera y la camilla.

–¡No pienso dejar que agujeree a este bebé! –le advirtió–. ¡Maggie! –gritó a continuación con todas sus fuerzas.

–Señor Tanner, no se ponga usted así. Sólo va a ser un pinchacito de nada.

–¡No me lo creo! ¡Maggie, ven aquí!

En un abrir y cerrar de ojos, Betty lo rebasó y pinchó a Laura en el tobillo. Ace no fue capaz de reaccionar y se quedó mirando cómo le extraían sangre a la niña, que se puso a llorar indignada.

Cuando hubo terminado, la tomó en brazos y le acarició la espalda para calmarla.

–Ya está, pequeña. No te preocupes. Ya pasó.

Laura se aferró al vello de su pecho y apoyó la cabeza en su hombro sin dejar de llorar. Ace tragó saliva y rezó para no ponerse a llorar también.

–¿Qué pasa? –preguntó Maggie alarmada al llegar.

—Esta loca ha pinchado a la niña y la ha hecho sangrar —acusó Ace a la enfermera.

Maggie no sabía qué la conmovía más, si ver a Ace con Laura o que no se hubiera desmayado.

—La enfermera sólo estaba haciendo su trabajo —le explicó para que se calmara.

A continuación, recuperó a Laura de sus brazos.

—¿Desde cuándo hacer sangrar a los demás es un trabajo?

—¿Qué pasa? —preguntó Ed al llegar.

—¿Sabes lo que ha hecho la loca de tu enfermera?

—No, ¿qué?

—Ha pinchado a Laura en el tobillo con una aguja tan grande como un lápiz.

Haciendo un gran esfuerzo para no estallar en carcajadas, Ed tomó a Ace del brazo y lo sacó al pasillo.

—Como un lápiz, ¿eh?

—¿Te parece divertido? —oyó Maggie que Ace gritaba antes de que se cerrara la puerta.

—¿Es siempre así de raro? —le preguntó Betty una vez a solas.

—Por desgracia, no —contestó Maggie.

La enfermera la miró desconcertada.

—Le vendría muy bien estallar así más a menudo —le explicó.

Aquella noche, Maggie le preparó el baño a Laura.

–¿Qué te parece esta bañera? –le dijo mientras le echaba agua por la tripita–. Es mucho mejor que el fregadero de mi casa, ¿eh?

La niña se rió encantada y pataleó.

–Eres tú la que se tiene que bañar, no yo –sonrió Maggie empapada.

Cuando alargó la mano para agarrar una toalla y secarse, se quedó helada al ver por el espejo que Ace estaba en la puerta observándolas.

Se había quitado las botas y la camisa y estaba irresistible apoyado en el marco de la puerta.

–¿Está bien?

–Sí –contestó Maggie dándose cuenta de que se había quedado mirándolo fijamente, como hipnotizada.

–No le habrá quedado cicatriz, ¿verdad? –insistió acercándose.

–Claro que no –le aseguró Maggie mostrándole el pie de Laura–. Ni rastro de la aguja.

–Por favor, no menciones esa palabra en mi presencia.

Maggie se rió, sacó a Laura del baño y comenzó a secarla.

–Deberías estar orgulloso de ti mismo.

–¿Yo? ¿Por qué?

–Porque no te has desmayado en la consulta.

–Ojalá Rory no te hubiera contado aquello.

–Yo me alegro de que lo hiciera –dijo Maggie poniéndole un pañal a Laura–. Me parece una historia muy entrañable.

–¿Entrañable? Más bien, humillante.

–Ya verás. Unas cuantas visitas más con Laura al médico y se te quitará el miedo a las agujas.

–Sí, claro.

–Te lo digo en serio –le aseguró Maggie poniéndole el pijama a la niña–. Toma, sujétamela mientras limpio el baño.

Ace miró a Laura.

–¿No te parece que tiene fiebre? –preguntó preocupado–. Está muy caliente.

–Es porque la acabo de bañar –le explicó Maggie–. ¿Quieres darle el biberón antes de meterla en la cama?

Ace quería contestar que no, pero asintió.

–¿Por qué no? Así, tú descansas.

–Voy a calentarlo –dijo Maggie sonriendo y yendo hacia la puerta–. Ahora mismo vuelvo.

Ace decidió que el baño no era el mejor lugar para ponerse cómodo y disponerse para darle el biberón a Laura, así que se encaminó a su habitación y se sentó en la mecedora.

–¿Qué tal? ¿Te gusta este sitio? –le preguntó en voz baja.

Laura lo miraba atentamente.

–Mira, ya verás, ahora sí que vas a estar cómoda –le dijo echándose hacia atrás.

Laura bostezó.

–Uy, uy, uy, tienes sueño, ¿eh? ¿Quieres que le diga a Maggie que se dé prisa con el biberón?

–Ya estoy aquí –dijo la aludida entregándole el biberón y sentándose a sus pies–. No va a durar mucho –murmuró mirando a Laura.

Ace asintió, fascinado por los diminutos dedos que agarraban el biberón.

–Es muy pequeña –comentó.

–Como todos los bebés.

–Sí, pero parece… frágil.

Maggie chasqueó la lengua.

–No te dejes engañar por el tamaño. Es más fuerte de lo que parece.

–Me cuesta creerlo.

–Está creciendo mucho. Ya casi ha doblado el peso con el que nació.

–¿Sí? –exclamó Ace sorprendido.

–Sí, nació pesando un poco más de dos kilos y medio y hoy ha pesado cuatro y medio.

–Madre mía. No sabía que había pesado sólo dos kilos y medio. Lo que yo te digo, es frágil –insistió Ace con el ceño fruncido–. Mira, se ha quedado dormida.

–Métela en la cama –dijo Maggie retirando el biberón.

–¿Yo?

–No creo que sea la primera vez, ¿no?

–No, no, claro que no.

Ace se puso en pie con cuidado para que la niña no se despertara, se acercó a la cuna, le dio unos golpecitos en la espalda para que expulsara los aires y la acostó.

–Mira, está sonriendo.

–Está hablando con los ángeles –le dijo Maggie mirando por encima de su hombro.

–¿Cómo?

–Lo he oído en alguna parte –dijo Maggie

encogiéndose de hombros–. Se supone que cuando un bebé sonríe mientras duerme es porque está hablando con los ángeles.

–No sé si será verdad o no, pero es bonito –dijo Ace observando a Laura y tapándola un poco más–. No tendrá frío, ¿verdad?

–Deja de preocuparte –contestó Maggie tirando de él–. Está perfectamente.

Capítulo Ocho

En algún momento de las últimas dos semanas, el plan de Maggie para que la integración de Laura en casa de los Tanner fuera lo más sutil y natural posible había fallado ya que ahora cualquiera que entrara en la casa se encontraría con algo de la niña.

En otra visita a la ciudad habían comprado otro corralito que se había asentado permanentemente en el salón. Además, en todas las habitaciones de la casa había una bolsa con juguetes y mordedores de plástico.

Y, para colmo, en el suelo del despacho de Ace había una colcha de vivos colores. Lo más sorprendente de aquello era que todo había sido obra de él.

Era raro que fuera a la ciudad y no volviera con algo para Laura; que si un adorable osito de peluche para dormir, que si un grueso de perro para morder, un cuento…

Maggie rezaba para que cada regalo significara una aproximación a la niña, un paso más en el proceso de aceptarla.

Una noche, mientras recogía la cocina, llamaron al timbre. Maggie sabía que Ace estaba en su despacho, así que se secó las manos y fue a abrir la puerta.

Al hacerlo, comprobó que se trataba de un repartidor.

–Un poco tarde, ¿no? –le preguntó.

–Es que los productos que repartimos son perecederos –la informó el hombre–. Vienen a nombre de Ace Tanner y tiene que firmar.

–Ahora no se lo puede molestar. ¿Puedo firmar yo por él?

–Sí, no hay ningún problema. Yo lo que quiero es quitarme esto de encima cuanto antes.

–¿Por qué? –preguntó Marie firmando–. ¿Pesa mucho?

–Pesa y hace ruido. El perro ha estado ladrando desde que lo he subido al camión.

–¿Un perro? –exclamó Maggie sorprendida–. ¿Está usted seguro de que tiene bien la dirección?

–Sí, aquí lo dice bien claro. Ace Tanner, rancho Bar-T, Tanner Crossing, Texas.

–Sí, es correcto –contestó Maggie mordiéndose el labio–. ¿Es muy grande?

–Depende de lo que entienda usted por grande –contestó el repartidor bajando los escalones del porche.

Maggie se quedó mirándolo mientras se adentraba en el camión y salía con una jaula tan grande que podría haber contenido a un león.

–Déjelo ahí –le indicó señalándole un lugar apartado de la puerta.

–Será un placer –dijo el repartidor dejando la jaula en el suelo, limpiándose las manos y volviendo al camión–. Hasta luego.

Maggie se acercó con cautela a la jaula, se arrodilló ante ella y miró dentro con curiosidad. Un ladrido la sobresaltó e hizo que se le acelerara el corazón. A continuación, una lengua rosada salió entre los barrotes de la jaula y le plantó un beso en toda la boca.

Maggie arrugó la nariz disgustada y se echó atrás.

–Cuando quiera que me beses, ya te lo diré.

La respuesta del can fue un aullido de pena.

Maggie se apiadó de él y decidió abrir la jaula.

–Estarás harto de estar ahí dentro, ¿verdad? Te voy a sacar, pero me tienes que prometer que...

Antes de que le diera tiempo de acabar la frase, la puerta se abrió y una montaña de pelo la derribó al suelo y comenzó a besarla con profusión.

–¡Quita, quita! –gritó Maggie–. ¡Pesas una tonelada!

–No tanto, pero casi.

Al oír la voz de Ace, Maggie se giró hacia él y vio que agarraba al perro del collar. Asustada por si quería castigarlo, se enderezó rápidamente.

–No me ha hecho nada –le aseguró defendiendo al perro–. Sólo estaba siendo cariñoso.

–No es un perro sino una perra y no te preocupes, nunca le he pegado, sé que es buena –la tranquilizó Ace–, ¿verdad, pequeña?

Maggie miró a la perra con los ojos muy abiertos.

–¿Es la perra de tus fotos? –preguntó al reconocerla.

Ace se rió y echó la cabeza hacia atrás porque la perra no paraba de besarlo.

–Efectivamente, la misma… aunque ahora pesa bastante más. La dejé con un amigo cuando me fui de Kerville, pero como veo que mi estancia aquí se prolonga le he dicho que me la mandara –le explicó–. Abajo, Daisy.

La perra se sentó y miró con sus grandes ojos marrones a su dueño, al que era obvio que adoraba.

–Perdona por la exuberante bienvenida –le dijo a Maggie alargándole la mano para que se levantara del suelo–. Normalmente, tiene mejores modales.

–¿Por qué no me has dicho que te habías quedado con la perra?

–Porque no me lo has preguntado.

Cuando se quiso dar cuenta, Maggie se había abalanzado sobre él, le había abrazado la cintura con las piernas, le había pasado los brazos por el cuello y le estaba llenando la cara de besos.

–Ya sabía yo que bajo ese impresionante pecho que tienes latía un generoso corazón.

–¿Impresionante? –dijo Ace enarcando una ceja.

Maggie bajó la mirada y se sonrojó.

–Bueno, a mí me lo parece.

–Impresionante, ¿eh? –rió Ace–. Me parece que es la primera vez que alguien me dice algo así.

–No sé qué te hace tanta gracia.

–Pues que «impresionante» es una palabra que normalmente se aplica a la belleza de una mujer. Por ejemplo, «Maggie Dean es una mujer impresionante».

–¿Te parezco impresionante?

–No, era sólo un ejemplo –bromeó Ace.

–¡Desde luego!

–¡Era broma! –rió Ace–. ¿Y Laura?

–Durmiendo.

–Perfecto –dijo Ace tomándola en brazos–. Eso quiere decir que tengo tiempo de sobra para convencerte.

–¡Ace! –gritó Maggie aferrándose a su cuello–. ¿Y la perra?

Ace silbó y Daisy fue hacia ellos, subió las escaleras del porche y se tumbó en la puerta.

–Increíble –murmuró Maggie.

–Siempre supe que lo era –dijo Ace en tono fanfarrón.

–Tú no, tonto, la perra.

Al llegar al dormitorio, Ace la dejó sobre la cama y se tumbó a su lado abrazándola.

–Mientras te convenzo para que me perdones, creo que voy a intentar convencerte también de lo increíble que soy.

Encantada con aquel lado alegre de Ace que

nunca había visto, Maggie le puso el codo en el pecho y lo miró a los ojos.

–¿Y cómo lo vas a hacer?

–Creo que voy a empezar con mis impresionantes dotes para la magia.

–¿Magia?

–Sí, hago desaparecer cosas ante tus ojos.

–¿Qué cosas?

–Mi especialidad es la ropa –contestó Ace agarrándole el bajo de la camiseta–. Cierra los ojos.

–¿No has dicho «ante mis ojos»?

–Es sólo una forma de hablar. Cierra los ojos.

Maggie los cerró y, en un instante, Ace le había quitado la camiseta.

–Ya puedes mirar.

Maggie abrió los ojos y Ace abrió las manos ante ella.

–¿Lo ves? La camiseta ha desaparecido.

–Eso no tiene nada de increíble.

–A ver qué te parece entonces esto.

Ace se abalanzó sobre ella y en pocos segundos lo que le quedaba de ropa estaba en el suelo.

–¿Qué tal? –le dijo colocándose entre sus piernas.

Maggie sonrió, lo agarró de las nalgas y lo urgió a entrar en su cuerpo. Ace se colocó un preservativo y así lo hizo.

–Esto sí que es increíble –murmuró Maggie.

–Pues todavía no has visto nada, muñeca –contestó Ace mordisqueándole un pezón.

Maggie arqueó la espalda. El calor se había apoderado de ella. Las sensaciones se apoderaron de ella en una espiral que desembocó en una luz cegadora que sacudió su cuerpo y produjo una explosión que la condujo al orgasmo.

—¡Ace! —gritó con el corazón acelerado.

—Ya te lo he dicho, muñeca, todavía no has visto nada —contestó él chasqueando la lengua.

Maggie se despertó al oír a Laura llorar. Mecánicamente, apartó la sábana. Sin embargo, cuando se disponía a levantarse, sintió una mano en el hombro que la echó hacia atrás.

—Ya voy yo —le dijo Ace.

Maggie le dio las gracias, volvió a apoyar la mejilla en la almohada y se tapó.

Cuando volvió a despertarse, los primeros rayos del sol se filtraban entre las cortinas. Se giró y se quedó helada. Ace estaba dormido y entre ellos estaba Laura, también dormida.

Maggie tragó saliva emocionada.

«Oh, Ace, por favor, por favor, por favor, que esto sea una señal de que quieres quedarte con la niña», rezó en silencio.

Maggie le acarició la mejilla y sonrió al ver que abría los ojos y la miraba.

—Por si no lo sabes, te advierto que no es muy recomendable que los niños duerman con los adultos.

—Estaba muy sola —contestó Ace.

—¿Te lo ha dicho ella?

—No, lo he notado yo.

—Qué sentimental.

—No, más bien, vago. Es que era más fácil traérmela aquí que quedarme en su habitación hasta que se calmara. Ha sido cuestión de pereza.

A Laura se le cayó el chupete y comenzó a llorar.

—Ahora te toca a ti —le dijo Ace.

Maggie tomó a la niña en brazos.

—No pasa nada, pequeña, ahora mismo te preparo un biberón —le dijo—. La verdad es que podrías ayudarme —añadió refiriéndose a Ace.

Ace hizo como que se había quedado dormido y comenzó a roncar.

—Qué tramposo.

Maggie se pasó las dos semanas siguientes sin parar de hacer cosas.

Para empezar, limpió el barracón que iba a alojar a los tres empleados que Whit había conseguido localizar.

Cuando llegaron, se pasó toda una semana limpiando y cocinando para ellos, para Ace y para sus hermanos, que habían vuelto al rancho para ayudar con el ganado.

Los hombres habían trabajado desde el alba hasta el ocaso, fin de semana incluido.

Mientras tanto, ella se había encargado de Laura y también había ayudado a Ace a limpiar el despacho y la habitación de su padre.

La sorprendió ver que Buck Tanner tenía muy pocos documentos y Ace le explicó que su padre no se fiaba de nadie, ni siquiera de ellos. Por eso, no solía dejar las cosas por escrito.

Los empleados le habían dicho que su padre los había despedido tres meses antes de morir y no les había dado ninguna explicación. Por lo visto, se había vuelto peor persona de lo que siempre había sido y lo único en lo que pensaba era en estar en el rancho.

A pesar de la dureza del trabajo, Maggie no había sido nunca tan feliz. Tenía a Laura y a Ace, las dos personas a las que más quería en aquellos momentos, las dos personas a las que estaba empezando a considerar su familia.

Sabía que no debería hacerlo, que era peligroso, pero no podía evitarlo. Vivían en la misma casa, cocinaba para ellos y los cuidaba. Era como una madre y una esposa para ellos y, además, compartía la cama con Ace y hacía el amor con él.

Era cierto que le había asegurado a Ace al comienzo de su relación que no quería nada serio, como casarse, pero ya no estaba tan segura.

Lo miró de reojo. Ace estaba sentado en el sofá del salón a su lado, viendo una película, y tenía los dedos entrelazados con los suyos.

Maggie se preguntó si le gustaría casarse con él. Decidió que no e intentó volver a concentrarse en el televisor.

No, era mejor no pensar en esas cosas. Sobre todo, porque Ace no había comentado nada que le hiciera ver que había cambiado de opinión.

Pero no fue capaz de olvidar la pregunta.

—¿Ace?

—Dime —contestó él sin apartar los ojos de la pantalla.

—¿Qué vas hacer cuando... bueno, cuando hayas terminado aquí?

Ace se encogió de hombros.

—Volver a mi casa —contestó—. ¿Por qué?

Maggie desvió la mirada y sacudió la cabeza.

—No, por nada.

Ace la miró fijamente momento y, a continuación, volvió a la película.

—¿Sabes si hay escuelas de enfermería cerca de Kerrville? —le preguntó un rato después, ya en la cama, cuando Maggie ya había pensado que se había olvidado de la conversación.

—No lo sé —contestó cruzando los dedos—. ¿Por qué?

—Porque había pensado que te podrías venir a vivir conmigo —contestó Ace abrazándola.

—Creo que hay una escuela en San Antonio, pero no estoy segura —contestó Maggie con el corazón acelerado.

—Podrías mirarlo —la animó Ace.

—Sí.

Ace bostezó y le dio un beso.

—Buenas noches, Maggie.

Maggie tragó saliva.

—Buenas noches, Ace —susurró.

Se quedó escuchando la respiración acompasada de él y se preguntó cómo podía dormirse después de haberle hecho semejante propuesta.

Ella tardó horas en dormirse.

Cuando sonó el teléfono, Maggie levantó la mirada de la caja de papeles que estaba ordenando.

—¿Quieres que conteste? —le preguntó a Ace.

—No, ya contesto yo —suspiró Ace cerrando el cajón en el que estaba rebuscando—. Ace Tanner.

Escuchó y frunció el ceño.

—¿Seguro?

Miró a Maggie y volvió a fruncir el ceño.

—No lo sé, voy a hacer algunas averiguaciones y luego hablamos.

Tras colgar, se echó hacia atrás en la butaca y se pasó los dedos por el pelo.

—¿Qué pasa? —le preguntó Maggie.

—Era el detective. Dice que estaba convencido de que el apellido «Cantrell» era falso.

—¿Cómo? Pero Star me dijo...

—Sí, que se apellidaba así, pero el detective ha seguido su rastro hasta Las Vegas y allí lo pierde, así que estaba barajando la posibilidad de que Star se cambiara el apellido.

Maggie no podía creerse que Star le hubiera mentido.

—¿No sabrá Dixie algo? Para hacerle el contrato y darla de alta en la seguridad social, a lo mejor le dio su apellido de verdad.

–Sí, puede ser –contestó Maggie–. ¿Quieres que la llame?

–No, creo que será mejor que vayamos a verla en persona –contestó Ace.

Con Laura en brazos, Maggie entró en el bar. Aunque todavía era pronto, ya había varios clientes bebiendo con la mirada anclada en el televisor de la esquina.

Maggie vio a Dixie, que la saludaba entre las mesas.

–Hola, Dixie –la saludó cuando se acercó.

–Hola –contestó su jefa tomando a Laura en brazos–. ¿Para qué habéis venido? –añadió mirando a Ace.

A Maggie la sorprendió la brusquedad de sus palabras.

–Ace quería hablar contigo de Star.

–Suponía que vendría tarde o temprano –contestó Dixie–. Vamos a mi despacho.

Maggie y Ace la siguieron.

Una vez allí, todos tomaran asiento.

–Muy bien –dijo Dixie mirando a Ace–. ¿Qué quiere saber?

Ace se echó hacia delante y apoyó los antebrazos en las rodillas.

–El detective que he contratado me dice que el verdadero apellido de Star no era Cantrell.

Dixie no pareció sorprenderse.

–Sospechaba que me había mentido.

–¿De verdad? –intervino Maggie–. Nunca me dijiste nada.

–Su historia no se tenía en pie –le explicó Dixie colocando a Laura en su regazo–. Se presentó un día aquí y me contó que había conocido a un soldado en Las Vegas que le había dicho que se fuera con él a Killeen. Según Star, la dejó al poco tiempo. Desde luego, no era la primera vez que oía algo parecido.

–¿No crees que el soldado existiera?

–¿Quién sabe? Star mentía muy bien.

Maggie tragó saliva sintiendo náuseas.

–¿Y su familia? Me dijo que se habían matado en un accidente de coche cuando era adolescente. ¿Eso también era mentira?

–¿Quién sabe? –contestó Dixie encogiéndose de hombros.

–¿Y su número de la seguridad social? –preguntó Ace–. No creo que la pudiera usted dar de alta sin ese dato.

–Tenía un número de la seguridad social, tenía una tarjeta, pero no son difíciles de conseguir. Mucha gente las falsifica.

Ace se dejó caer hacia atrás en el sofá y se puso las manos en la frente.

–Sin una identificación real, puede que jamás sepamos quién era en realidad –suspiró.

–Un buen detective privado tendría que ser capaz de averiguarlo –le dijo Dixie–. Es cuestión de hablar con las personas indicadas.

–He contratado al mejor detective que hay –contestó Ace.

–Como un buen Tanner, siempre lo mejor, ¿eh?... aunque lo mejor estuviera en casa esperando, ¿no?

–¡Dixie! –gritó Maggie.

Ace levantó una mano para indicarle que lo dejara hablar y miró a Dixie a los ojos.

–Supongo que tendrá usted sus razones para haber dicho eso, pero le voy a decir una cosa. Soy Ace Tanner, no Buck Tanner, así que no vuelva a confundirme con mi padre –le advirtió poniéndose en pie–. Te espero en el coche –le dijo a Maggie cerrando la puerta tras de sí.

–No te enfades –le dijo Dixie a Maggie una vez a solas–. Solamente lo estaba poniendo a prueba.

–Oh, Dixie –se lamentó Maggie dejando caer la cabeza entre las manos.

–No parece que haya cambiado de idea.

–¿A qué te refieres?

–A que no parece que quiera quedarse con Laura. Sigue insistiendo en encontrar a la familia de Star.

–Bueno, eso no es necesariamente así. La verdad es que me ha pedido que me vaya a vivir con él a Kerville.

–¿Y Laura también?

Maggie palideció ante la posibilidad de que la niña no fuera con ellos.

Dixie suspiró y se puso en pie.

–Bueno, siempre puede resultar que el detective encuentre a algún pariente de Star.

–Sí, supongo que sí –contestó Maggie.

—Ya sabes lo que suelo decir: «Prepárate para lo peor, pero reza para que suceda lo mejor» —la animó Dixie.

Maggie se forzó a sonreír.

—Todo va a salir bien, Dixie. Ya lo verás.

El trayecto de regreso a casa transcurrió en silencio.

Ace iba concentrado en la carretera y Maggie no podía dejar de darle vueltas a las dudas que Dixie había hecho surgir en su cabeza.

Se dijo que no debía perder las esperanzas. ¿Qué sería de Laura si tirara la toalla? ¿Quién se ocuparía de ella y se aseguraría de que tuviera un buen hogar y una buena familia que la quisiera?

Miró a Ace de reojo. Estaba convencido de que se había encariñado con la niña. ¿Se habría equivocado? No, había visto cómo había cambiado en aquellas semanas.

Ahora, le compraba juguetes, le daba el biberón y la acunaba en la mecedora por las noches mientras Maggie los miraba desde el suelo con el corazón henchido de amor por los dos.

Maggie tomó aire y se dijo que Ace quería a Laura y que aquella necesidad de encontrar a la familia de Star no era más que una formalidad, tal vez un requisito que había descubierto que necesitaba para que el juez lo nombrara definitivamente tutor legal.

Sin embargo, no se atrevía a preguntárselo. ¿Qué sucedería si Ace no quisiera hacerse cargo de la niña? ¿En qué pondría entonces sus esperanzas?

Maggie alargó el brazo y le puso la mano en el muslo.

—¿Qué hacemos de cena esta noche? —le preguntó intentando devolver la normalidad a un día que había resultado ser una pesadilla.

Capítulo Nueve

Desde la primera noche que hicieron el amor, Maggie y Ace dormían juntos. No habían hablado de ello, pero había sido un acuerdo tácito.

Cuando llegaba la hora de acostarse por las noches, Ace tomaba a Maggie de los hombros y la conducía a su habitación.

A menudo, aunque no siempre, hacían el amor antes de dormirse. A veces, de manera dulce y tierna y otras, acalorada y apasionada.

Después de la visita a Dixie, siguieron durmiendo juntos pero no volvieron a hacer el amor.

Aquel día había pasado algo, algo intangible que había erigido una barrera entre ambos que ninguno de los dos derribaba.

Aun así, Ace seguía abrazándola por las noches en la cama, la tomaba de la mano para ver la televisión y la besaba cuando menos lo esperaba.

Pero no volvió a hacerle el amor.

Maggie no se atrevía a hablar del cambio que se había operado en su relación, pero estaba preocupada y se preguntaba qué lo había causado y qué significaba.

También estaba preocupada porque la relación de Ace con Laura había cambiado. Ya casi no la tomaba en brazos y, cuando lo hacía, era porque Maggie lo obligaba.

Ya nunca la acunaba en la mecedora para dormirla. Cuando llegaba ese momento, siempre tenía algo muy urgente que hacer.

Maggie estaba en la habitación de la ropa, doblando unas cuantas camisetas que acababa de sacar de la secadora, cuando oyó el teléfono.

Esperó para ver si Ace contestaba. Efectivamente, así fue. Ace estaba en la cocina hablando por teléfono y ella seguía doblando ropa en la habitación de al lado.

—¿Montgomery?

Maggie arrugó el ceño y escuchó.

—¿Dallas? —añadió Ace sorprendido—. Madre mía, hemos estado buscando por todo el país y teníamos a su familia aquí al lado.

Maggie se dio cuenta de que Ace estaba hablando con el detective privado.

—Sí, llámame entonces. Creo que será mejor que mis hermanos y yo hagamos el primer contacto —se despidió Ace.

Maggie cerró los ojos. El detective había encontrado a la familia de Star. Era obvio porque había llamado, pero una cosa era saberlo y otra aceptarlo.

—¿Maggie?

Al oír la voz de Ace, se tensó. Lo tenía detrás. Tragó saliva atenazada por el miedo.

–¿Ha encontrado a alguien?

–Todavía no, pero Star se apellidaba Montgomery y tenía familia en Dallas.

–Les vas a entregar a Laura, ¿verdad?

Maggie sintió las manos de Ace en los hombros.

–Maggie...

–Ace, por favor –le rogó ella mirándolo a los ojos–. No lo hagas, quédatela tú.

–Maggie, te advertí el principio que esto era sólo un arreglo temporal –dijo Ace.

–No –lloró Maggie–. Me dijiste que no sabías cómo cuidarla, pero yo puedo hacerlo. Podemos cuidarla los dos. No te estoy diciendo que nos casemos porque sé que tú no quieres, pero podemos vivir juntos, los tres. Podemos darle un hogar, una familia.

–Maggie, yo no quiero hijos. Ni míos ni de nadie.

–¡No! –gritó Maggie dándole puñetazos en el pecho con desesperación–. La quieres –sollozó–. Sé que la quieres. No puedes entregársela a unos desconocidos. ¡No puedes hacer eso!

Cuando había oído decirle que la quería, Ace se había tensado. Maggie tragó saliva y vio que se había quedado sin expresión en el rostro y que sus ojos se habían tornado fríos como el acero, como la primera vez en la que se habían visto.

Asustada por aquel cambio, devastada por él, se echó atrás.

—No puedo soportar la idea de que la vayas a entregar —lloró—. No puedo verlo —añadió saliendo corriendo.

—No me puedo creer que lo vaya a hacer, Dixie —sollozó Maggie limpiándose las lágrimas.

Dixie le dio un pañuelo de papel.

—Sé que te duele horrores, pero no puedes hacer nada porque, según la ley, Ace tiene la sartén por el mango.

—Estoy harta de que la gente utilice la ley como más le convenga —le espetó Maggie—. ¿Qué tal si de vez en cuando atendiéramos a nuestras responsabilidades? ¿Y qué me dices del amor? ¿Por qué nadie basa sus acciones en el amor? ¿Por qué siempre se amparan en la ley? ¿Por qué nunca escuchan a su corazón?

Dixie se sentó a su lado en el sofá.

—Maggie, te tienes que calmar.

—¡Imposible! ¡Estoy furiosa! Cuando pienso en que Ace va a entregar a esa preciosa niña a unos desconocidos, me dan ganas de pegarle. ¿Cómo puede estar tan ciego como para no darse cuenta de que la quiere y de que ella lo necesita?

—Maggie, sé que lo haces todo por el bien de la niña, pero me pregunto si no eres tú la que está un poco ciega. Su madre te la entregó, pero eso no te da derecho a decidir su futuro, a decidir lo que es bueno para ella y lo que no. Su madre te pidió que se la llevaras a los Tanner y eso fue lo que hiciste. Tienes que abrir los ojos y ver lo que hay realmente detrás de tu furia. Llevas un mes viviendo en el rancho con Ace y supongo que te habrás acostado con él.

Maggie no contestó.

—Lo suponía —suspiró Dixie.

—Lo quiero.

Dixie frunció el ceño y asintió.

—No lo dudo. Jamás te habrías acostado con él si no lo quisieras, pero ¿y él? ¿Qué siente Ace por ti?

—No lo sé —admitió Maggie—. Creía que me quería. De no ser así, no me habría pedido que me fuera a vivir con él a Kerville, ¿verdad?

—Sólo el puede contestarte a esa pregunta. Supongo que, en cuanto te pidió que te fueras a vivir con él, tú te pusiste a soñar con que tenías una familia. Mama osa, papá oso y osita viviendo en una preciosa casa, ¿verdad?

Maggie se sorprendió al ver la precisión con la que Dixie describía la secuencia de sus emociones y de sus pensamientos.

—¿Te crees que eres la primera mujer que sueña? —dijo Dixie con tristeza—. No, bonita. Eso les pasa a muchas mujeres.

—Mal de muchos, consuelo de tontos —contestó Maggie.

—Tienes razón, pero no es el fin del mundo, así que no exageres. Has tenido mala suerte, pero sobrevivirás, que es lo que hacemos las mujeres, sobrevivir.

Maggie tragó saliva entre lágrimas y apoyó la cabeza en el hombro de su jefa.

—Oh, Maggie, ¿qué haría yo sin ti?

–Te las apañarías muy bien –le aseguró abrazándola–. Eres inteligente y tienes un gran corazón, así que todo te irá bien.

–Supongo que así será –sollozó Maggie–. Es una pena que no hayas tenido hijos, Dixie, porque habrías sido una madre maravillosa.

–Eso lo dices para hacerme la pelota, ¿no? –sonrió Dixie–. ¿Es que acaso quieres volver a trabajar aquí?

–Sí –admitió Maggie riéndose también.

–No sé –bromeó Dixie haciéndose la dura–. Supongo que ya se te habrá olvidado cómo se sirve una mesa o cómo se le dice a un cliente sin ofenderlo que no te toque el trasero.

–No, no lo he olvidado –contestó Maggie riéndose y abrazándola.

–Entonces, bienvenida a bordo de nuevo.

Dixie se quedó mirando a Maggie mientras se montaba en su destartalado coche y se alejaba.

Había sido dura con ella, pero sabía que no había más remedio. Era necesario que Maggie afrontara la realidad.

Todo aquello había sido culpa de Star, que había dejado su responsabilidad sobre ella. Cualquier otra persona habría llevado a Laura a casa de los Tanner y se habría marchado, pero Maggie no era así.

Maggie se había tomado todo aquello como un deber personal y ahora se sentía horriblemente culpable porque creía haber fallado.

Desde luego, Dixie lo entendía perfectamente porque hacía años que había hecho una promesa similar a otra mujer.

A Patricia Dean, la madre de Maggie.

Ace estaba sentado a la mesa de la cocina con una botella de whisky entre las manos. Le daba vueltas lentamente intentando encontrar el entusiasmo suficiente como para servirse una copa.

Lo cierto era que no debía emborracharse. No cuando había un bebé en casa y él era el único adulto presente.

Aquello le recordó que Maggie se había marchado. Ace se cruzó de brazos furioso. ¿Qué demonios le había pasado? Había hecho las maletas rápidamente y se había esfumado.

Él nunca le había mentido. Le había advertido desde el principio que no se iba a quedar con la niña.

Entonces, ¿por qué le había suplicado ella que lo hiciera?

—Mujeres —murmuró frustrado.

Se dirigió al fregadero y se puso a lavar los biberones y las tetinas de Laura mientras pensaba furioso que todo aquello era tarea de Maggie.

Era ella la que se ocupaba de todo aquello y ahora que se había ido no le quedaba más remedio que hacerlo a él.

Ahora, se ocupaba de dar de comer a Laura, de jugar con ella y de bañarla. Lo peor de todo aquello era que no se quejaba del trabajo que Maggie le había dejado sino de que se hubiera ido.

Ace oyó pasos en la entrada y se giró. Seguro que era Maggie, seguro que volvía después de haber entendido que Ace iba a entregar a Laura a la familia de Star y que no pasaba nada.

Pero, al ver que era Rory, Ace se giró de nuevo hacia el fregadero para ocultar su decepción.

–¿Qué quieres? –gruñó.

–¿Desde cuándo hay que querer algo para venir a casa?

–No venías mucho antes de que llegara Maggie –le espetó Ace fregando un biberón.

–Por eso estás de mal humor, ¿eh?

Ace maldijo.

–Estás celoso, ¿no? insistió Rory.

–¡Celoso yo! –gritó Ace–. ¿Celoso de quién? ¿De ti? –se burló–. Ni por asomo.

–Entonces, explícame por qué te comportaste como un imbécil la noche en la que te llevé a urgencias para que te hicieran una radiografía de las costillas.

Ace se tensó. No recordaba mucho de aquella noche. ¿Le habría dicho algo de Maggie a su hermano?

–Seguramente, porque me provocaste –contestó decidiendo que era mejor intentar defenderse.

–Eso demuestra que tengo razón.

–¿En qué?

–En que tienes celos –contestó Rory sonriendo y cruzándose de brazos mientras se apoyaba en la encimera.

—¿Qué tienes tú que me pueda dar a mi celos? —dijo Ace secándose las manos con un trapo.

—No es lo que tengo sino lo que tú temes que pueda tener —contestó Rory mirándose las uñas.

Ace se giró hacia la mesa, le quitó el tapón a la botella de whisky y se la llevó a la boca.

—Como me robes a la perra, hermanito, te doy una paliza.

—No estaba yo pensando precisamente en la perra sino, más bien, en Maggie —contestó Rory.

Ace dejó la botella sobre la mesa con un ruido seco. No le había dado tiempo a beber.

—¡Lo sabía! —gritó—. Sabía que te gustaba.

Al ver que su hermano se limitaba a sonreír, Ace se enfadó todavía más.

—¿Qué pasa? ¿No hay suficientes mujeres en San Antonio para satisfacer tu apetito sexual o es que ya te has cansado de todas? Te pareces tanto a papá que me das asco...

—No te atrevas.

En un abrir y cerrar de ojos, Rory había cruzado la cocina, lo había agarrado del brazo y se lo estaba retorciendo la espalda.

—Llevas semanas buscándotela y la acabas de encontrar.

Ace se consiguió zafar de su hermano y, cuando estaba dispuesto a lanzarse contra él, vio que el indicador que tenía sobre la mesa estaba parpadeando.

–Mira lo que has hecho –le dijo–. Has despertado a Laura.

–Dile a Maggie que vaya ella. Tú y yo tenemos que hablar.

–Maggie se ha ido –contestó Ace dirigiéndose al pasillo.

–¿Cómo?

Ace no contestó.

Rory lo siguió.

–¿Cómo que se ha ido? –insistió.

–Se ha ido y ya está.

A llegar a la habitación, Ace abrió la puerta, encendió la luz y se acercó a la cuna.

–Hola, pequeña –murmuró tomando a la niña en brazos–. ¿Qué te pasa? ¿Tienes hambre?

–¿No le has dado de comer? –le preguntó Rory.

–Claro que le he dado de comer. ¿Por quién me tomas? ¿Por un imbécil?

–Viendo que has dejado que Maggie se vaya, nunca se sabe –contestó Rory encogiéndose de hombros.

–Yo no he dejado que se fuera –dijo Ace acercándose al cambiador para ponerle un pañal nuevo a Laura–. Se enfadó y se fue.

–¿Y por qué se enfadó?

–Porque el detective cree que está a punto de encontrar a los parientes de Star –contestó Ace indicándole a su hermano que le pasara un pañal.

–¿Y por qué se enfadó por eso? –quiso saber Rory pasándoselo–. Yo suponía que iba estar encantada porque era muy amiga de Star, ¿no?

Ace levantó a Maggie por los pies, le puso polvos de talco en el trasero y le colocó el pañal limpio.

—Quería que yo me quedara con la niña —contestó.

—¿Tú? —sonrió Rory—. ¿Se ha vuelto loca o qué? Pero si tú no tienes ni idea de niños.

—Pues tú has sobrevivido a mis cuidados —le dijo Ace a su hermano muy serio.

—Sí, bueno, pero yo era fácil.

—¿Fácil? —dijo Ace tomando a Laura en brazos—. Eras un horror. La verdad es que erais todos horribles —añadió saliendo al pasillo.

—¿Por eso no quieres tener hijos? —preguntó Rory siguiéndolo.

Ace se paró en seco y miró a su hermano.

—¿Quién te ha dicho que no quiero tener hijos?

—Sheila.

—¿Cuándo has hablado tú con mi ex mujer?

—No pienso entrar al trapo. No quiero que me acuses de haber interferido en tu matrimonio. ¿Por eso os separasteis?

—¿Por ti? —se rió Ace.

—No, porque tú no querías tener hijos.

Ace sacó un biberón del frigorífico y lo metió en el microondas.

—Entre otras cosas —admitió.

—Madre mía, Ace. Me siento muy mal —dijo Rory.

—¿Por qué?

—Porque, si no hubiera sido por mí y por los demás, querrías tener hijos.

—No fuisteis solamente vosotros.

–¿Ah, no? Sheila me dijo que pensaste incluso en hacerte una vasectomía.

–¿También hablasteis de nuestra vida sexual?

La alarma del microondas salvó a Rory de tener que contestar. Ace sacó el biberón del microondas, probó la temperatura de la leche en la muñeca y se sentó en una silla.

–Rory, Sheila y yo teníamos problemas mucho antes de plantearnos tener hijos –le dijo al ver a su hermano preocupado–. No fue eso lo que terminó con nuestro matrimonio.

Rory se sentó también.

–No lo entiendo, Ace. ¿Por qué no quieres tenerlos?

Ace miró a Laura y sacudió la cabeza.

–No lo sé. Por muchas cosas supongo. Sobre todo, por papá –recapacitó–. ¿Nunca te has planteado qué tipo de padre serás? ¿Bueno, malo? ¿Invisible como él?

–No, la verdad es que nunca me lo he planteado –contestó Rory.

–Pues yo sí y, como no se qué tal padre voy a ser, prefiero no serlo –comentó Ace.

–¡Serías un padre fantástico! –le aseguró Rory.

–Sí, claro –contestó Ace con escepticismo.

–Te lo digo en serio. Pregúntaselo a Woodrow, a Ry o a Whit. Ya sé que fuimos una pesadilla para ti, pero te aseguro que siempre te portaste bien con nosotros. Siempre que te necesitamos, estuviste allí. Puede que no nos gustara que nos mandaras, pero eso nos habría pasado incluso si hubiera sido nuestro padre de verdad y no nuestro hermano mayor. En cualquier caso, mírate con Laura. La estás cuidando de maravilla. Te sale de manera natural.

Ace miró a la niña y recordó las palabras de Maggie.

«Ningún niño se merece tener un padre que no lo quiera».

¿Acaso era él incapaz de querer a Laura? No sabía qué contestar a aquella pregunta, así que negó con la cabeza.

–No, sé hacer lo normal. Un niño necesita una persona que lo quiera y ahí es donde yo me quedo corto.

–¡No digas tonterías! –gritó Rory–. ¿Quién me agarró de la mano cuando me tuvieron que lavar el estómago por haberme tomado un frasco entero de analgésicos?

–Yo –contestó Ace sonriendo al recordarlo.

–¿Y quién me enseñó a montar a caballo?

–Yo, pero...

–¿Y quién dejaba que me metiera en su cama por las noches cuando había tormenta y tenía miedo?

–Yo –murmuró Ace.

Rory le puso la mano en el hombro y lo miró a los ojos.

–Sí eso no fue amor, hermano, a ver qué fue.

Ace se quedó mirando a Laura. La niña dormía a su lado. Era la cuarta noche seguida que tenía que meterla en su cama para que conciliara el sueño.

Maggie le había advertido que no era una buena costumbre, pero ¿qué podía hacer si no dejaba de berrear?

¿Berrear? Bueno, llorar. ¿Llorar? Bueno, está bien, sollozar, pero estaba sola. ¿A quién pretendía engañar? ¿Quién se sentía solo?

–Yo –admitió–, pero no soy el único –tocándole la mejilla a Laura–. Tú también la echas de menos, ¿verdad?

Laura suspiró y Ace le puso el chupete. Entonces, sintió algo frío en la pantorrilla y, al girarse, se encontró con Daisy mirándolo fijamente.

–No –le dijo–. Sé que soy un blando con la niña, pero tú no vas a dormir conmigo.

La perra apoyó la cabeza en el colchón y lloró apenada.

–Está bien –accedió Ace dando un golpe en la colcha–. Sube.

Daisy obedeció y se tumbó a sus pies.

–No te muevas de ahí, no despiertes a la niña.

Acto seguido, se tapó y apagó la luz, pero le costó dormirse porque, a pesar de la numerosa compañía que tenía, le faltaba Maggie.

Capítulo Diez

Ace se despertó lentamente, miró a su alrededor y dio un respingo. La niña no estaba y la perra tampoco.

Se levantó a toda prisa y corrió a la cocina. Allí se encontró con Rory, que le estaba dando el biberón tranquilamente a Laura. Daisy estaba tumbada a sus pies.

Ace se puso la mano en el corazón y suspiró aliviado.

—Buenos días —le dijo su hermano.

—Menudo susto me has dado —le reprochó Ace sentándose frente a él.

—¿Por qué? —sonrió Rory—. ¿Te creías que había secuestrado a Laura?

—No sé ni lo que he pensado, no me ha dado tiempo a creer nada —contestó Ace—. Lo cierto es que me he llevado un buen susto. Maldita sea.

—No hables así delante de esta preciosidad. Cuando empiece a hablar, ya puedes tener cuidado.

—Cuando Laura empiece a hablar no estará conmigo.

—¿Estás seguro de que quieres entregársela a

la familia de Star? Piénsalo, Ace. No los conoces de nada.

—No hay por qué pensar que la gente vaya a ser mala, hay que confiar un poco.

—¿Y Maggie? ¿Por qué no la adopta?

Ace recordó el día en el que Maggie había aparecido en su casa para entregarle a Laura. Recordó su pelo revuelto y las lágrimas en sus ojos y lo que le había dicho.

«Se merece más de lo que yo le puedo dar».

—No puede —le dijo Rory.

—¿Por qué no? Es obvio que la adora.

Ace cerró los ojos con fuerza intentando no recordar a Maggie con Laura ni el amor que empañaba sus ojos siempre que la miraba.

Tragó saliva y miró por la ventana.

—Maggie quiere que tenga una familia, una familia que la quiera y que la cuide.

—¿Y por qué no la ayudas? Maggie y tú podríais darle todo lo que necesita.

—Maggie sí, pero yo no.

—No digas tonterías, Ace. Estás enamorado de ella, ¿verdad?

Ace apretó los puños. No había querido enamorarse de Maggie, pero así había ocurrido.

—No lo niegues —le advirtió Rory—. Te has enfadado conmigo en dos ocasiones por acercarme a ella y eso son celos. A mí me parece bien porque Maggie me cae estupendamente y no me importaría que se convirtiera en mi cuñada.

Ace tragó saliva.

–Maggie tiene muy claro que no quiere casarse.

–Pues ha debido de cambiar de opinión porque anoche me dijo que estaba deseando casarse contigo.

–¿Has visto a Maggie? –preguntó Ace por el corazón acelerado.

–Sí, fui a hablar con ella para intentar comprender qué estaba ocurriendo entre nosotros.

–¿Te dijo que me quería? –preguntó Ace anonadado.

–No nada más verme, desde luego. Tuve que hacerle unas cuantas preguntas.

–Nunca me dijo nada…

–¿Le dijiste tú lo que sentías por ella?

Ace se arrepintió de no haberlo hecho, de haber esperado a perderla para darse cuenta de que la amaba.

–Hermano, aunque seas mayor que yo, desde luego no eres más listo. Me parece que te voy a tener que dar un par de consejos.

–Quédate con Laura. Tardaré lo menos posible –dijo Ace desde la puerta.

–¿Adónde vas? –gritó Rory.

–A buscar a Maggie.

–¡Espera!

–¿Qué?

–Creo que sería mejor que te pusieras unos pantalones primero.

Ace se dio cuenta de que estaba en calzoncillos, así que corrió a su habitación.

–Ten cuidado con Dixie. A juzgar por cómo me miró anoche cuando Maggie le dijo que era tu hermano, te debe de querer matar.

Ace fue a casa de Maggie y, al no encontrarla allí, se dirigió al Longhorn. Efectivamente, allí estaba su coche.

Se encaminó a la puerta e intentó abrirla, pero estaba cerrada. Miró a través del cristal. El local estaba vacío, pero se oía música.

–¿Maggie? –gritó llamando con los nudillos–. Abre, soy Ace.

Esperó y la puerta se abrió, pero era Dixie.

–Quiero ver a Maggie.

–¿Y quién te dice que ella quiera verte a ti?

–Nadie, pero me gustaría verla.

–Ya le has hecho bastante daño.

Harto, Ace tomó a Dixie de los antebrazos, la hizo a un lado y entró en el local.

–Dime dónde está. Necesito verla. No pienso irme hasta que haya hablado con ella.

–Como le vuelvas a hacer daño, te las vas a tener que ver conmigo, ¿entendido? –le advirtió Dixie.

–Entendido –contestó Ace–. Quiero que ahora entiendas tú una cosa. Yo lo que quiero es casarme con Maggie si es que ella quiere casarse conmigo, así que será mejor que te vayas haciendo a la idea de verme por aquí a menudo porque no estoy dispuesto a tirar la toalla, ¿entendido?

–Ace, ¿qué haces aquí?

Ace se giró y se encontró con Maggie. Se quedó mirándola, sin moverse del sitio hasta que notó una mano en la espalda que lo empujaba.

–Has dicho que querías hablar con ella, ¿no? Pues ahí la tienes –le dijo Dixie.

– En privado, si no te importa –contestó Ace apretando los dientes.

–Haberlo dicho antes –dijo Dixie metiéndose en su despacho y dando un portazo–. ¡Ya está! ¡Ya puedes hablar! –dijo desde allí.

–¿Ace?

Ace se giró hacia Maggie. Al tenerla delante, las palabras se le atragantaron en la garganta. Se acercó a la barra, la tomó de las manos y le besó los dedos. Vio lágrimas en los ojos de Maggie y sintió que a él también lo quemaban.

–Dijiste que querías que Laura tuviera una familia que la quisiera y se ocupara de ella.

Maggie cerró los ojos y asintió.

–Creo que hemos encontrado a la familia perfecta para ella.

Maggie dejó caer los hombros y las lágrimas se deslizaron por sus mejillas.

–Se van a portar bien con ella, le van a dar todo lo que necesite –le prometió Ace–. ¿No es eso lo que querías para ella?

–Sí –contestó Maggie entre sollozos–, pero quería que fueras tú el que se quedara con ella.

–Eso es imposible, Maggie. No puedo hacerlo sin ti, así que… cásate conmigo. Ayúdame a crear un hogar para Laura, ayúdame a recordar cómo se quiere.

Maggie tragó saliva y lo miró fijamente.

–Oh, Ace... ¿lo dices en serio? ¿De verdad quieres quedártela?

–Ésa es mi intención –contestó Ace acariciándole el rostro–, pero Star tiene familia. Ahora lo sabemos y puede que ellos también quieran a la niña.

Maggie lo miró atemorizada.

–No se qué prevé la ley en estos casos, pero te prometo que voy a hacer todo lo que esté en mi mano para que Laura se quede con nosotros.

Maggie lo abrazó con fuerza.

–Oh, Ace. Ojalá sea así, ojalá sea así.

–Te quiero, Maggie –le dijo Ace al oído–, más de lo que te puedas imaginar.

–Yo también te quiero, Ace –contestó ella.

–Cásate conmigo –le pidió Ace besándola–. Cásate conmigo y todo saldrá bien, tendremos un buen hogar para Laura.

Sonriendo entre lágrimas, Maggie le tomó el rostro entre las manos.

–Sí, claro que me voy a casar contigo –contestó emocionada–. Todo va a salir bien.

–Claro que sí, Maggie. Todo va a salir bien porque nosotros tres somos ya una familia.

Epílogo

Casi dos meses después de la muerte de su padre, los cuatro hermanos Tanner volvieron a reunirse en su despacho.

Además de ellos, había otras dos personas. Whit, que no había asistido a la primera reunión, y Maggie, la nueva adquisición de la familia Tanner.

También estaba Laura, que pasaba de brazos en brazos aun a riesgo de que, como decía Ace, terminara siendo la niña más mimada del mundo.

–Todos sabéis ya que el detective que contraté descubrió que Star se apellidaba Montgomery en realidad y que tiene familia en Dallas –les comentó Ace a los presentes–. Bueno, ahora parece que ha encontrado a una hermana suya.

–No nos irán a quitar a la niña, ¿verdad? –exclamó Rory asustado.

–No lo sé, la hermana de Star tiene los mismos derechos que nosotros.

–Y si quiere quedársela, ¿qué pasa? –preguntó Rory.

–Entonces, tendría que ser el juez quien decidiera –suspiró Ace.

146

–Madre mía, las cosas se podrían poner muy feas –comprendió su hermano.

–Espero que no lleguemos a ese punto. Maggie y yo hemos hablado mucho sobre este tema y creemos que lo mejor sería ponernos en contacto con ella y explicarle la situación para intentar convencerla de que deje que adoptemos a la pequeña.

–Me parece una idea fantástica –contestó Rory–. ¿Por qué no lo hacéis ahora mismo?

–Porque creemos que sería mejor que no fuéramos nosotros en persona.

–¿Vas a mandar a uno de los abogados?

–No, prefiero que sea alguien de la familia –contestó Ace mirando a Rory–. ¿Qué tal tú? Eres guapo y, además, puedes resultar de lo más persuasivo cuando te lo propones.

–Madre mía, Ace. Lo haría encantado, pero me voy esta noche a Wyoming. Llega un grupo de artistas que va a trabajar en mi local. Si me dieras un par de días...

–No podemos esperar –contestó Ace girándose hacía Ry–. ¿Y tú?

–Lo siento, tengo varias operaciones retrasadas.

–¿Y tú, Whit?

–No, por favor, no me lo pidas a mí.

–Entonces, creo que le va a tocar a Woodrow.

–¿Yo? –exclamó el aludido.

–Eres nuestro hombre.

–Pero yo odio las grandes ciudades –intentó zafarse Woodrow–. Ace, tú sabes que se me da fatal negociar.

Ace sintió un codazo y se giró hacia Maggie, que le pasó a la niña y se dirigió a su hermano.

–Lo vas a hacer fenomenal, Woodrow –le aseguró yendo hacia él–. No dejaría que nos representaras si no estuviera completamente segura de que lo vas a hacer bien.

–Te aseguro que no se me da bien tratar con la gente.

–Quieres a Laura, ¿verdad? –le preguntó Maggie poniéndole la mano en la rodilla.

–Maggie, eso es chantaje emocional. Sabes que la adoro.

–Precisamente por eso, también sé que lucharás por ella. Por favor, hazlo por nosotros y por ella.

Woodrow miró a la niña, tragó saliva y accedió.

–Está bien –murmuró–, pero si no lo consigo, no quiero que me eches la culpa, ¿entendido?

–¡Claro que lo vas a conseguir! –exclamó Maggie abrazándolo–. Eres el hombre perfecto.

Aquella noche, en la cama, Ace y Maggie miraban al techo.

–Lo cierto es que podría echarlo todo a perder –dijo Ace por enésima vez desde que sus hermanos se habían ido–. Woodrow no tiene habilidad para tratar con la gente.

–Todo irá bien –le aseguró Maggie tomándolo de la mano.

–Woodrow tiene un efecto muy agresivo con la gente que no lo conoce.

–Sí, comprendo que ya sólo su altura intimida. Supongo que, en cuanto lo vea, la pobre hermana de Star va a salir corriendo.

–Madre mía. ¿No deberíamos llamarlo y decirle que se olvidara de todo?

–Claro que no. Woodrow lo va a hacer de maravilla porque quiere a Laura tanto como nosotros.

–Tienes razón –dijo Ace abrazándola–. Todos mis hermanos la adoran.

–Todo va a salir bien, Ace. Laura se va a quedar con nosotros, lo presiento.

–Vas a ser una madre maravillosa, Maggie –le dijo Ace besándola en la frente–. Yo voy a hacer todo lo posible para ser un buen padre, mejor que el mío, desde luego.

–Ya lo eres –le dijo Maggie emocionada–. La quieres, que es lo más importante.

–Tengo mucha suerte de que seas mi esposa. No te puedes imaginar cuánto te quiero.

–Yo también te quiero mucho, Ace.

–¿Qué te parecería si le diéramos a Laura un par hermanito?

–Oh, Ace, me parecería maravilloso –contestó Maggie con lágrimas en los ojos.

–Pues, entonces, me parece que tendríamos que ponernos manos a la obra cuanto antes –dijo Ace besándola en los labios.

–¿Ahora?

–Sí, porque, si no tenemos otro hijo cuanto

antes, me temo que mis hermanos van a mimar tanto a Laura que no vamos a poder sacar partido de ella.

—En ese caso, será mejor que no perdamos el tiempo —contestó Maggie riéndose.

DESEO

PEGGY MORELAND

TÚ SERÁS MÍA

Capítulo Uno

«Arisco».

Ésa era la palabra que la gente educada utilizaba para describir a Woodrow Tanner. Cuando no se quería ser tan educado y no había niños alrededor, se utilizaba un vocablo mucho más fuerte.

Sin embargo, a Woodrow le importaba muy poco lo que la gente lo llamara o pensara de él. Woodrow hacía lo que le venía en gana y, a los que no les gustara, que se fueran al infierno.

Tenía un rancho de setecientos cincuenta acres al suroeste de Tanner's Crossing y vivía en una casa de madera que se había construido en mitad de la propiedad.

Había decidido construirla en aquel lugar para intentar distanciarse lo más posible de los vecinos.

Vivía solo, únicamente acompañado por su perra, y la gente, las ciudades y los atascos lo sacaban de sus casillas.

En aquellos momentos, estaba metido en un embotellamiento en la autopista y su carácter normalmente arisco estaba llegando a límites peligrosos.

3

De haber tenido en aquellos momentos a su hermano Ace delante, le habría puesto un ojo morado por haberlo mandado a aquella misión.

Por supuesto, había intentado zafarse diciendo que fuera otro de sus hermanos, pero Ace le había asegurado que Ry tenía que atender su consulta médica y Rory estaba fuera de la ciudad comprando mercancías para su cadena de tiendas de artículos del Oeste.

Pero no se había molestado en poner ninguna excusa ni para él ni para Whit. Este último, que era su hermanastro, se libraba de casi todas las responsabilidades familiares, algo que a Woodrow no le hacía ninguna gracia.

Así que, al final, le había tocado a él ir a Dallas a ocuparse de aquel asunto.

Cuando vio su salida, la tomó y se relajó ya que allí ya no había atasco. Dos calles a la derecha y una a la izquierda y llegó al aparcamiento que había frente a un moderno edificio de cinco plantas.

Se estremeció al ver que era de cristal y metal pues a Woodrow le gustaban los materiales naturales como la piedra y la madera.

Cada vez más enfadado, se bajó de su furgoneta y se dirigió a la puerta principal. Una vez dentro, miró los buzones y tomó el ascensor hasta la quinta planta.

Allí había una puerta con una placa en la que se leía *Elizabeth Montgomery, médico pediatra*. Woodrow la abrió y se acercó a la recepción.

La mujer que estaba allí alzó la mirada y se quedó con la boca abierta.

Woodrow estaba acostumbrado a aquella reacción pues todos los hombres de la familia Tanner eran altos y guapos y creaban aquella reacción en casi todas las mujeres, lo quisieran o no.

—¿En qué puedo ayudarlo? —le preguntó la enfermera por fin.

—Estoy buscando a la doctora Montgomery —contestó Woodrow.

—¿Tenía usted cita con ella?

—No, vengo por un asunto personal.

—¿Sabía la doctora que iba a venir? —quiso saber la enfermera frunciendo el ceño.

—No.

—Deme usted su nombre para que la avise.

—Woodrow Tanner.

—Espere momento, por favor —dijo la mujer perdiéndose por un pasillo.

Woodrow esperó tamborileando con los dedos sobre el mostrador de cristal. Transcurridos unos segundos, la enfermera volvió hacia él.

Antes de hacerlo, se atusó los cabellos y se colocó la falda del uniforme. Woodrow no pudo evitar fijarse en que movía las caderas más que cuando se había ido.

—Lo siento, pero la doctora Montgomery no tiene hoy tiempo de recibirlo —le dijo jugueteando con el primer botón de su blusa—, pero, si quiere, le puedo dar cita para otro día.

5

A Woodrow le dio la impresión de que aquella mujer estaba flirteando con él. Si hubieran estado en otro lugar y en otras circunstancias, seguramente se habría planteado tener una aventura con ella, pero, dadas las circunstancias, prefería abandonar Dallas cuanto antes.

–¿A qué hora se cierra la clínica? –quiso saber.

–A las cuatro –sonrió la enfermera.

Woodrow se dio cuenta de que la mujer había creído que lo preguntaba por ella, pero se dijo que no era asunto suyo sacarla de su error.

–Esperaré –anunció al ver que eran las tres y media.

–Pase a la sala de espera –dijo la enfermera–. ¿Quiere beber algo?

Woodrow negó con la cabeza y se alejó hacia la sala de espera, convencido de que la oferta no incluía whisky, que era lo que necesitaba en aquellos momentos.

Sentado en una silla que parecía hecha para uno de los siete enanitos, Woodrow consideró pasar el rato hojeando las revistas que había sobre la mesa, pero el fijarse en sus títulos, *Good Housekeeping*, *Working Mother* y *Ladies Home Journal*, decidió no hacerlo.

Resignado a aburrirse, echó la cabeza hacia atrás y cerró los ojos. Poco después, se quedó dormido.

–Hay que llamar al laboratorio para ver si

tienen los análisis del hijo de los Carter. Dijeron que los tendrían el lunes a las cuatro.

Woodrow abrió los ojos.

Había una mujer en la puerta dándole instrucciones de última ahora a la enfermera. Al ver que llevaba una bata blanca y un estetoscopio colgado del cuello, Woodrow se dijo que debía de ser la doctora.

Se quedó mirándola. La verdad era que no lo parecía. Más bien, parecía una tía solterona. Para empezar, llevaba gafas y el pelo recogido en un moño alto.

Sin embargo, al fijarse más detenidamente, Woodrow se dio cuenta de que tenía una nuca preciosa en la que había unas manchas rosas.

¿Una marca de nacimiento? ¿Un sarpullido? Fuera lo que fuese, a Woodrow le entraron unas enormes ganas de besarle el cuello.

—El doctor Silsby se hará cargo de mis pacientes —oyó que decía la doctora—. He dejado el número donde me puedes localizar si hay alguna urgencia y, por supuesto, me llevo el busca.

¿La doctora se iba de la ciudad? Woodrow miró a la enfermera, que le guiñó el ojo disimuladamente.

Al darse cuenta de que lo mejor que podía hacer era salir cuanto antes de allí, Woodrow se levantó y salió sigilosamente de la consulta.

Esperó a la doctora junto a los ascensores y unos minutos después la vio aparecer. Woodrow llamó al ascensor y le abrió la puerta.

—¿Va usted hacia abajo?

—Sí, gracias —contestó la doctora.

Woodrow apretó el botón de la planta baja y ambos se quedaron en silencio mientras el ascensor descendía.

Aquella mujer desprendía aquel olor limpio y estéril propio de los médicos, pero bajo él había una pizca de perfume más femenino.

Cuando llegaron a la planta baja, Woodrow le abrió la puerta y la dejó pasar.

—Gracias —dijo ella saliendo del ascensor sin mirarlo.

—¿Es usted la doctora Elizabeth Montgomery? —le preguntó Woodrow colocándose a su lado.

—Sí —contestó ella sin pararse.

Al llegar a la puerta principal, Woodrow se la volvió a abrir y la volvió a dejar pasar. De nuevo, ella le dio las gracias sin mirarlo a los ojos.

—Me gustaría hablar con usted —le dijo Woodrow.

—Lo siento, pero tengo prisa.

Al llegar a su coche, un Mercedes, la doctora abrió la puerta a toda velocidad. Woodrow se dio cuenta de que le temblaban las manos.

—No le voy a robar —le aseguró—. Sólo quería hacerle unas preguntas.

—Ya le he dicho que tengo prisa.

—Es sobre su hermana —insistió Woodrow agarrando la puerta.

—¿Conoce usted a mi hermana? —exclamó la doctora mirándolo sorprendida.

—No —contestó Woodrow—. Personalmente, no.

—Hace años que no la veo —dijo Elizabeth palideciendo—. ¿Tiene problemas?

—Yo no diría exactamente eso —contestó Woodrow no sabiendo exactamente qué decirle.

—Si necesita dinero, dígale que venga en persona a pedírmelo.

—No, no necesita dinero —contestó Woodrow cada vez más incómodo.

—Entonces, ¿qué quiere? —preguntó Elizabeth impaciente—. Normalmente, siempre que se pone en contacto conmigo, es porque necesita dinero.

—Bueno... su hermana... ha muerto —le dijo Woodrow por fin.

—¿Ha muerto? ¿Mi hermana ha muerto? —repitió Elizabeth visiblemente afectada.

—Sí, hace poco más de un mes —contestó Woodrow dándose cuenta de que se le saltaban las lágrimas—. Sí, lo cierto es que Star...

—¿Star? Mi hermana no se llama Star. Se llama Renee, Renee Montgomery —suspiró Elizabeth aliviada—. Dios mío, menos mal. Creía que había muerto— añadió dejando caer la cabeza hacia delante—. Lo siento, pero tengo prisa, se ha confundido usted de persona —concluyó levantándola.

—Espere —dijo Woodrow sacándose la fotografía que Ace le había dado—. ¿Es ésta su hermana?

—Lo siento, lo siento mucho, pero se ha confundido usted. Mi hermana se llama Renee, no Star —contestó la doctora intentando meterse en el coche.

—Mire la fotografía.

Elizabeth tomó la fotografía y la miró. Woodrow se dio cuenta de que volvía a palidecer y le temblaban los labios.

—No lo entiendo —dijo con incredulidad—. ¿De dónde ha sacado usted esta fotografía? —preguntó Elizabeth dejándose caer en el asiento del coche.

—Me la ha dado Maggie Dean, la mujer de mi hermano Ace. Trabajaba con Star.

—No se llama Star —insistió Elizabeth volviendo a mirar la fotografía—. Se llama Renee Montgomery.

—Mire, ya sé que todo esto la ha pillado por sorpresa y lo siento mucho, pero hay más —dijo Woodrow poniéndose en cuclillas a su lado.

—¿Más? —sonrió Elizabeth con tristeza—. ¿Qué más tiene usted que decirme aparte de que mi hermana está muerta?

—Su hermana tuvo una hija —la informó Woodrow.

—¿Una hija?

—Sí.

—¿Y dónde está?

—Con Ace y con Maggie. Antes de morir, le hizo prometer a Maggie que le entregaría la niña a su padre.

—¿Su hermano Ace es el padre de mi sobrina?

—No, el padre de su sobrina es mi padre, Buck Tanner —contestó Woodrow dándose cuenta de que aquello se complicaba por momentos.

Elizabeth se masajeó las sienes como si le estuviera empezando a doler la cabeza.

—¿Y por qué tiene Ace a la niña y no su padre?

—Porque mi padre murió. Le dio un infarto dos días después de que muriera Renee.

—No me lo puedo creer —murmuró Elizabeth echando la cabeza hacia atrás y cerrando los ojos.

—Le aseguro que es la verdad.

Elizabeth no se movió ni dijo nada y Woodrow comprendió que era entonces o nunca.

—Verá, mi hermano contrató a un detective privado para ver si Renee tenía familia. Así la hemos localizado a usted. La cosa es que mi hermano y su mujer quieren adoptar a la niña. Por eso he venido a hablar con usted, para que les dé su aprobación.

Elizabeth negó con la cabeza.

—Ahora mismo, no puedo hablar de eso. Necesito tiempo para asimilar lo que me ha dicho, para pensar —le dijo tapándose la cara con las manos—. Oh, Dios mío, Renee.

—Me voy a quedar a dormir esta noche en la ciudad —dijo Woodrow poniéndose en pie, sacándose un papel del bolsillo y garabateando algo—. Aquí le dejo el número de mi teléfono móvil –añadió entregándoselo–. Llámeme cuando quiera hablar.

Aquella tarde, todavía atontada ante la muerte de su hermana, Elizabeth se cruzó de brazos y se quedó mirando a través del ventanal del salón.

En el jardín, un colibrí saltaba de flor en flor mientras dos ardillas se perseguían entre los árboles.

A su espalda, Ted Scott, su prometido, estaba sentado a la mesa. Elizabeth sentía su desaprobación y aquello le pesaba y se añadía al dolor que ya la atenazaba.

–Sé que estás disgustada –le dijo con impaciencia–. Lo entiendo, pero me parece una tontería cancelar el viaje. Lo hemos planeado mucho y, además, no tienes que organizar el entierro ni el funeral ni nada porque todo eso ya ha pasado.

Al oír aquellas palabras, a Elizabeth se le llenaron los ojos de lágrimas. Había perdido a su hermana y ni siquiera había podido ir a su funeral para darle el último adiós.

Le entraron unas terribles ganas de llorar y cerró los ojos con fuerza, rezando para que, por una vez, Ted fuera hacia ella, la abrazara y la consolara.

Por supuesto, no fue así.

–No, me tengo que quedar –le dijo–. Tengo que decidir qué voy a hacer.

–¿Con la niña?

Elizabeth asintió.

–No se te estará pasando por la cabeza adoptarla tú, ¿verdad? Seguro que es retrasada o algo porque me dijiste que tu hermana se drogaba, ¿no?

Aquellas palabras tan brutales la enfurecieron.

–¿Y te crees que eso me importa? –le espetó volviéndose hacia él–. Tengo una sobrina, el único pariente que tengo vivo en el mundo y no pienso renunciar a los derechos que tengo sobre ella y olvidarme de su existencia.

Entonces sí que Ted se puso en pie y fue hacia ella.

–Perdona –murmuró agarrándola de la cintura–. Entiendo perfectamente que te sientas responsable de esa niña, pero lo que te estoy diciendo es que no te apresures. No tomes decisiones ahora porque estás muy afectada. Una semana fuera te sentaría bien, te ayudaría a asimilar la pérdida y a ver las cosas con cierta perspectiva.

Elizabeth escondió el rostro en la curva de su cuello, abrazándolo con desesperación en busca de su consuelo, y su comprensión, pero, por muy fuerte que lo abrazara, no sentía nada.

Aquel cuerpo no le transmitía cariño ni comprensión y, mucho menos, consuelo. Sólo le transmitía rigidez y frialdad.

–No puedo ir contigo, Ted –le dijo descorazonada.

Ted la soltó tan rápido que Elizabeth estuvo a punto de perder el equilibrio.

–Muy bien, pero si te crees que me voy a quedar agarrándote de la manita mientras lloras por una hermana a la que hacía años que no veías, te equivocas. Me voy a Europa, contigo o sin ti.

–Entonces, llévate esto –dijo Elizabeth quitándose el anillo de compromiso y entregándoselo.

Ted la miró furioso, agarró el anillo de malas maneras, se lo metió en el bolsillo y salió dando un portazo.

Elizabeth dejó escapar el aire que había estado aguantando, cerró la puerta con llave, apoyó la espalda en ella y dejó caer la cabeza entre las manos.

–Sí –dijo Woodrow–. Sigo en Dallas –añadió mirando el tráfico, que todavía era espantoso a las siete de la tarde–. Pero no pienso quedarme mucho más –le advirtió a su hermano.

–¿Has hablado con ella?

–Sí, pero no he conseguido mucho.

–¿Sabes siquiera si quiere la custodia de la niña?

–No, no lo sé. Me dijo que no lo podía decidir en aquellos momentos. Que necesitaba tiempo para pensar.

–Es normal –contestó Ace–. Primero se entera de que su hermana ha muerto y luego de que tiene una sobrina.

14

—Sí, no debe de ser fácil para ella.

—¿Cuándo la vas a volver a ver?

—Le di mi teléfono móvil y le dije que me llamara cuando quisiera.

—¿Y ya está?

—¿Y qué más quieres que haga? —preguntó Woodrow con impaciencia.

—Invítala a venir aquí —sugirió Ace.

—¿Cómo?

—Dile a la hermana de Star que venga a pasar una temporada al rancho. No nos conoce de nada y es normal que no quiera entregarnos la custodia de la niña, así que lo mejor es que vea que somos gente normal.

—¿Normal? —rió Woodrow—. Pero si no hay nada de normal en nuestra familia. Vivimos de escándalo en escándalo.

Elizabeth jugueteaba nerviosa con el papel en el que Woodrow Tanner le había escrito el número de su teléfono móvil.

Le había dicho que lo llamase cuando quisiera hablar.

Suponía que se refería a que lo llamara cuando hubiera decidido qué hacer con la niña y lo cierto era que Elizabeth todavía no había decidido nada.

Sin embargo, tenía cientos de preguntas. ¿Cómo había muerto Renee? ¿Había muerto sola? ¿Cuánto tiempo tenía el bebé? ¿Se parecía a su hermana? ¿Por qué no se había casado el padre de Woodrow con ella? ¿Dónde vivía Renee? ¿Y dónde trabajaba? ¿Dónde la habían enterrado? ¿Les había dicho que tenía una hermana? ¿Por qué habían contratado a un detective privado para que la localizara?

Decidiendo que Woodrow Tanner tenía las respuestas, marcó el número. Cuando tuviera más información, podría tomar una decisión sobre qué hacer con su sobrina.

—¿Sí?

—¿Señor Tanner?

—Al aparato.

—Eh... soy la doctora Elizabeth Montgomery.

—Sí, ya lo sé. Tengo uno de esos móviles modernos que te dicen quién está llamando e incluso te dicen la hora que es. Por si lo quiere saber, es la una y media de la mañana.

Elizabeth hizo una mueca de disgusto pues no se había dado cuenta de que fuera tan tarde.

—Lo siento, lo llamaré por la mañana.

—No, no se preocupe, no estaba durmiendo —le aseguró Woodrow.

—Ah... mire, lo llamaba para hablar de lo que me dijo esta mañana... de lo de la custodia, señor Tanner —le aclaró.

—Woodrow.

—¿Cómo?

—Woodrow, me llamo Woodrow.

—Ah, sí, claro. Bueno, he estado pensando, Woodrow, que necesito hacerte unas cuantas preguntas.

–¿No tendrás por casualidad café hecho?

–¿Café?

–Sí, ya sabes, ese líquido negro.

–No, ¿por qué?

–Pon una cafetera al fuego.

–¿Vas venir a mi casa?

–Ya estoy aquí.

–¿Estás aquí?

–Sí, estoy en la puerta.

Elizabeth se apresuró a abrirle y se maravilló ante lo alto y fuerte que era. Ya se lo había parecido hacía aquella tarde, pero ahora, al fijarse en sus andares de John Wayne, se lo pareció todavía más.

–Creo que ya no vamos a necesitar esto –comentó Woodrow apagando su teléfono móvil.

–No, creo que no –contestó Elizabeth guardando el suyo y mirándolo como atontada.

–¿Me vas a invitar a pasar?

–Sí, claro que sí –contestó Elizabeth sonrojándose.

–Tienes una casa muy bonita.

–Muchas gracias, a mí también me gusta –contestó Elizabeth dándose cuenta de que no sabía absolutamente nada de aquel hombre–. ¿Te importaría dejarme tu carné de conducir?

Woodrow la miró sorprendido, pero se sacó la cartera del bolsillo.

–Me parece un poco tarde para preocuparte por tu seguridad, ¿no?

Elizabeth anotó sus datos.

17

Woodrow Jackson Tanner, RR4 Tanner's Crossing, Texas.

A continuación, miró la fotografía y la comparó con el original.

–No pareces el mismo.

–Es de hace un par de años –contestó Woodrow guardándose la cartera–. Habré cambiado.

–Lo decía porque en la fotografía pareces más... amable.

Woodrow frunció el ceño.

–¿Qué hay de ese café?

–Sí, ahora mismo lo preparamos –contestó Elizabeth–. Siéntate. Perdona por mi comentario, no ha sido mi intención ofenderte.

–Me has dicho por teléfono que me querías hacer ciertas preguntas –dijo Woodrow ignorando su comentario.

–Sí, así es –admitió Elizabeth midiendo el café.

–Dispara.

–¿Dónde vivía Renee? –preguntó Elizabeth poniendo la cafetera al fuego y sentándose frente a él.

–¿No lo sabes?

–No, hacía casi cinco años que apenas teníamos contacto.

–Vivía en Killeen –contestó Woodrow.

Elizabeth se quedó alucinada de que su hermana viviera a tan sólo tres horas de coche de ella.

–Me dijiste que no la conocías, ¿verdad?

–No, no sabía nada de ella hasta que Maggie apareció en nuestra casa con la niña.

–Que es hija de tu padre, ¿no?

–Sí –murmuró Woodrow.

–¿Y no estaban casados?

–No conocías a mi padre –contestó Woodrow chasqueando la lengua.

–Lo dices como si tu padre tuviera por costumbre... ir por ahí teniendo hijos.

–Así era.

Elizabeth se levantó a servir el café mientras se preguntaba qué habría visto su hermana en un hombre tan mayor que podría haber sido su padre.

–¿De que murió? –preguntó apretando la taza con ambas manos.

–De una complicación del parto, pero no sé los detalles. Sin embargo, Maggie podría contártelo todo.

–¿Maggie es la mujer de tu hermano?

–Sí, se han casado hace poco, hace un par de días. Ace la contrató para que se encargara de la niña y han terminado casándose.

–¿Se han enamorado? –preguntó Elizabeth sorprendida.

–Supongo. Si es que el amor existe. Parece que les va bien y los dos están como locos con la niña –contestó Woodrow–. ¿Por qué no vienes conmigo y lo ves con tus propios ojos? –le sugirió.

–¿Qué? –preguntó Elizabeth sorprendida.

–Ven a Tanner's Crossing conmigo y, así, ves

a la niña y conoces a Woodrow, a Maggie y a mis otros hermanos.

La idea de tener que hacer frente al pasado de su hermana la aterrorizó. ¿Qué tipo de persona sería Renee? ¿Sería capaz de ceder a la niña en adopción después de haberla tenido en sus brazos?

—Voy a hacer las maletas —contestó tragando saliva.

Capítulo Dos

Woodrow había creído que Elizabeth dormiría durante el viaje porque la había visto echar la cabeza hacia atrás y cerrar los ojos, pero no fue así.

Se había dado cuenta porque tenía los músculos del rostro tensos y las manos entrelazadas en el regazo con tanta fuerza que los nudillos se le habían quedado blancos.

–¿Ya hemos llegado? –preguntó al sentir que la furgoneta se había parado.

–Sí –hemos llegado a mi casa.

–¿No íbamos a casa de tu hermano? –preguntó Elizabeth alarmada.

–Todavía no ha amanecido y estarán durmiendo. Es mejor que nosotros intentemos dormir también un par de horas y luego iremos al Bar-T –contestó Woodrow bajándose de la furgoneta–. ¿Algún problema? –añadió al ver que Elizabeth miraba hacia su casa con expresión de preocupación.

–Muchas gracias, pero no necesito dormir –contestó Elizabeth haciendo un esfuerzo por sonreír–. No estoy cansada en absoluto. Preferiría ir ahora mismo a casa de tu hermano.

—No es una buena idea —le aseguró Woodrow—. Despertar a Ace antes de su hora es realmente peligroso.

—¿Por qué? —quiso saber Elizabeth mientras bajaba de la furgoneta ayudada por Woodrow.

—Porque tiene muy mal despertar —contestó Woodrow ocupándose de su equipaje e indicándole que abriera la puerta de la casa—. Una vez, estábamos de campamento y Rory y yo lo despertamos y, en un abrir y cerrar de ojos, nos tenía en la mira de su rifle.

—¿Os iba a disparar? —preguntó Elizabeth asustada.

—No lo sé. No nos quedamos para averiguarlo. Salimos corriendo como almas que lleva el diablo —contestó Woodrow—. La luz está a la izquierda.

Elizabeth tanteó la pared con la mano mientras se preguntaba por qué había accedido a ir a Tanner's Crossing.

Por lo menos, tendría que haber llevado su coche.

Así, podría haberse ido a dormir a un hotel y no tendría que estar en aquellos momentos buscando el interruptor de la luz en casa de un hombre al que no conocía de nada.

Recriminándose a sí misma su anormal impulsividad, encontró el interruptor y dio la luz. Ante ella, vio un salón con chimenea de piedra, una pequeña cocina y una puerta cerrada.

Para su sorpresa, la casa de Woodrow se le antojó calida y acogedora.

–Tú vas a dormir aquí –dijo Woodrow abriendo la puerta, que estaba cerrada, y dando la luz.

–¿Y tú dónde vas a dormir? –preguntó Elizabeth al darse cuenta de que aquel era su dormitorio.

–En el sofá –contestó Woodrow–. Las sábanas están cambiadas. Las cambié yo mismo ayer por la mañana antes de irme a Dallas.

–No hace falta que me cedas tu cama –le aseguró Maggie incómoda ante la idea de dormir en la cama de un desconocido–. Ya duermo yo en el sofá.

–No, no me han educado para dejar que una mujer duerma en el sofá y yo en la cama –contestó Woodrow muy serio–. El baño está ahí –añadió indicándole una puerta entornada–. Tienes toallas limpias en el armario. Si te despiertas tú primero, la cafetera está en el armario que hay encima del frigorífico–. Buenas noches –concluyó cerrando la puerta.

Elizabeth se quedó mirando un buen rato la puerta cerrada.

–Buenas noches –fue capaz de decir por fin.

Woodrow se tumbó en el sofá.

Normalmente, dormía desnudo, pero se había dejado los calzoncillos puestos por deferencia a la invitada.

No quería que le diera un infarto si se despertaba primero e iba a la cocina a hacer café.

Al oír un ruido en la puerta, maldijo en voz baja. Se había olvidado de la perra. Suspiró y fue a abrirle la puerta.

Blue entró encantada y quiso subirse al sofá con él, pero Woodrow le indicó que no había sitio para los dos y que se tumbara ante la chimenea.

La perra accedió, pero aulló con tristeza para hacerle entender que no le gustaba la nueva situación.

A los pocos minutos, dueño y perra roncaban encantados.

En la habitación de al lado, Elizabeth, tapada hasta las orejas y con los ojos muy abiertos, tomaba aire lenta y profundamente.

No se podía dormir y no era porque el hombre que estaba en el dormitorio contiguo le diera miedo.

No podía dormir porque tenía remordimientos.

Renee.

Aunque las lágrimas le quemaban los ojos y se le había formado un nudo en la garganta, no podía llorar, pero cuánto lo deseaba.

Le hubiera gustado abrir las compuertas y dejar escapar todas las emociones que había suprimido durante tantos años.

Le hubiera gustado llorar hasta quedarse sin lágrimas, hasta haberse vaciado de dolor, hasta haberse librado del autocontrol que se había impuesto para sobrevivir.

Renee.

Recordó a su hermana pequeña, recordó cómo la peinaba y le ponía lazos en el pelo para ir al colegio, recordó sus preciosos ojos azules.

«¿En qué me equivoqué? ¿Por qué huiste de mí?», se preguntó con tristeza.

Aquellas preguntas la habían perseguido durante años y no había encontrado ninguna respuesta.

Decidida a dormir, se giró, cerró los ojos con fuerza y se dispuso a utilizar una técnica que su terapeuta le había aconsejado para hacer frente al insomnio que sufría hacía tiempo.

Siguiendo sus indicaciones, se imaginó en un lugar sereno y tranquilo, en un paisaje de flores y hierba, árboles y un precioso arroyo.

Se tumbó en la hierba y aspiró el aroma de las flores, escuchó el delicioso correr del agua y el cantar de los pájaros.

Sus nervios comenzaron a tranquilizarse. La brisa que le acariciaba el pelo y el sol que le daba en la cara hicieron que su cuerpo se estirara feliz.

De repente, oyó un ruido y dio un respingo.

¿Era la puerta que se estaba abriendo? Quizá fuese Woodrow. Elizabeth se incorporó y miró hacia la puerta, pero no había nada, así que dejó caer la cabeza de nuevo sobre la almohada y cerró los ojos.

Se volvió a imaginar en el idílico prado y, poco a poco, la tensión fue cediendo y se quedó dormida.

Un gritó escalofriante lo despertó.

Woodrow se incorporó al instante con el corazón en un puño y parpadeó varias veces algo desorientado. Al acordarse de que la doctora estaba durmiendo en su habitación, corrió hacia allí.

Al encender la luz, dio a Elizabeth hecha un ovillo contra el cabecero de madera de la cama. Tenía la cara tapada con las manos y parecía asustada.

Blue estaba tumbada a los pies de la cama, donde solía dormir.

–Ya te vale, Blue –le recriminó agarrándola del cuello y haciéndola bajar al suelo–. Fuera –le ordenó señalando la puerta.

La perra obedeció con la cola entre las patas.

–Era Blue, mi perra –le explicó a la doctora.

–Creí que era... –contestó Elizabeth apartándose las manos de la cara e interrumpiéndose al instante.

Entonces, Woodrow se dio cuenta de que sólo llevaba puestos los calzoncillos, pero se dijo que no tenía por qué pedir perdón pues, al fin y al cabo, todo había sido tan repentino que no le había dado tiempo a vestirse.

–Pues tienes suerte porque normalmente

duermo desnudo –gruñó saliendo de la habitación.

Elizabeth ni siquiera volvió a intentar dormirse.

La perra le había dado un buen susto al subirse a la cama, pero el sobresalto de ver a Woodrow en calzoncillos había sido todavía más grande.

Tragó saliva y se dirigió al baño, donde se lavó la cara con agua fría.

No podía apartar de su mente la imagen de Woodrow prácticamente desnudo. ¡Qué cuerpo tan impresionante tenía!

«Normalmente duermo desnudo».

Elizabeth se secó la cara con una toalla intentando no imaginarse lo que había debajo de aquellos calzoncillos azul marino.

¿Qué le estaba pasando? ¡Era médico! Había tenido infinidad de pacientes hombres y había estado durante dos años acostándose con Ted.

Se miró al espejo y se dio cuenta de que ver a su ex novio desnudo jamás le había provocado tanto deseo como ver a Woodrow Tanner.

–Ha sido el susto –se dijo en voz alta pasándose los dedos por el pelo.

Sí, abrir los ojos y encontrarse a Woodrow junto a su cama casi desnudo había sido toda una conmoción, pero nada más.

Aunque las piernas le flaqueaban, volvió al

dormitorio y decidió que, ya que se había despertado temprano, se ducharía y se vestiría para conocer a la familia de Woodrow y a su sobrina.

Obviamente, no iba a poder volverse a dormir sabiendo que en la habitación de al lado estaba Woodrow medio desnudo.

–Son buena gente –dijo Woodrow al llegar a casa de Ace y Maggie–. Quieren a la niña como si fuera suya.

–No dudo un momento que sean buenas personas –contestó Elizabeth– y les estoy muy agradecida por lo que han hecho por mi sobrina.

Woodrow se preguntó si eso querría decir que iba a renunciar a sus derechos sobre la pequeña para cedérsela a su hermano y a su cuñada.

–Ya estamos aquí –gritó abriendo la puerta.

Ace apareció en la puerta del salón con enormes ojeras, como si no hubiera dormido bien en un mes.

–Hola, soy Ace Tanner –se presentó yendo hacia ella con la mano alargada–. Y ésta es mi esposa, Maggie –añadió tomando a su mujer de la cintura.

–Elizabeth Montgomery –contestó Elizabeth estrechándoles la mano a los dos–. Encantada de conocerlos.

Maggie asintió a forma de saludo y Woodrow se preguntó qué le ocurría a su cuñada. Normalmente, era amable y simpática, pero aquella mañana parecía ausente e incluso resentida.

—Pasemos al salón para hablar más tranquilamente —dijo Ace.

Las mujeres pasaron primero y Woodrow enarcó una ceja al pasar junto a su hermano.

—Luego te cuento —murmuró Ace—. Maggie ha hecho bollos de canela y café —añadió en voz alta.

—Yo tengo hambre, la verdad —contestó Woodrow—. Además, los bollos de canela de Maggie son los mejores del mundo —sonrió.

—¿Y usted? —le preguntó Ace a la doctora.

—No, gracias, yo no quiero nada.

—¿Seguro?

—Sí, gracias, seguro.

Antes de que nadie pudiera decir nada más, Maggie se dirigió a la puerta.

—Ya voy yo —anunció perdiéndose por el pasillo.

Ace suspiró e intentó entablar una conversación.

—¿Qué tal el viaje desde Dallas?

Al ver que la doctora no contestaba, Woodrow lo hizo.

—Muy bien, llegamos antes del amanecer y hemos intentado dormir un par de horas antes de venir para acá.

Ace asintió, algo incómodo por no saber qué más decir.

—Me gustaría ver a mi sobrina –declaró la doctora.

—Está dormida. Espere un rato.

Woodrow se dio cuenta de que a la doctora no le apetecía nada esperar, pero asintió con paciencia.

En ese momento, volvió Maggie con la cafetera y una fuente llena de dulces.

—Tomas el café solo, ¿verdad? –le preguntó a su cuñado.

—Sí –contestó Woodrow.

Maggie le sirvió una gran taza acompañada de un par de bollos de canela, que Woodrow probó al instante deleitándose con su delicioso sabor.

—Si no estuvieras casada, me pondría ahora mismo de rodillas y te pediría matrimonio –le aseguró relamiéndose.

—¿De verdad? –sonrió Maggie sentándose junto a su marido–. Creía que eras un soltero empedernido.

—Lo soy, pero hay que estar loco para dejar pasar a una mujer que cocine tan bien como tú –contestó Woodrow.

—Lo siento, hermanito, pero ésta ya se te ha escapado –intervino Ace.

En ese momento, Elizabeth carraspeó reclamando la atención de los demás.

—Woodrow no me ha sabido explicar cómo murió Renee –declaró mirando a Maggie–. Me dijo que usted me lo explicaría.

—Murió de eclampsia –contestó Maggie.

—Toxemia —dijo Elizabeth pensativa—. ¿Y su obstetra no se dio cuenta para tomar precauciones? —añadió frunciendo el ceño.

Maggie se encogió de hombros, visiblemente incómoda.

—Si Star hubiera ido de manera regular a verlo, supongo que así habría sido, pero me dijo que, después de enterarse de que estaba embarazada, no volvió a aparecer por su consulta.

En ese momento, el llanto de un bebé interrumpió la conversación.

—Es Laura, voy a buscarla —anunció Maggie poniéndose en pie.

La doctora también se puso en pie.

—¿Puedo ir yo, por favor?

Maggie abrió la boca como si le fuera a decir que no, pero, finalmente, se volvió a sentar y giró la cabeza.

—Es la tercera puerta de la izquierda.

Elizabeth se guió por el llanto de la pequeña, contó las puertas y, al llegar a la tercera, se paró, tomó aire, la abrió y entró.

La habitación estaba iluminada por los rayos del sol y la cuna estaba situada contra una de las paredes, entre ventanales.

Su sobrina estaba a tan sólo unos metros de ella, pero le daba miedo acercarse.

¿Se parecería a Renee? ¿Tendría su pelo rubio y rizado? ¿Y sus impresionantes ojos azules?

¿Sería capaz de soportarlo si así fuera?

31

La niña se puso a llorar con más fuerza y Elizabeth se acercó con cautela. Entonces, un puño enfurecido atravesó el aire. Elizabeth se acercó un poco más y vio a la niña.

«Mi sobrina», pensó tragando saliva.

Dio un paso más y se apoyó en la cuna.

Aquella niña era un ángel. Aunque lloraba y pataleaba, Elizabeth se dijo que tenía ante sí la carita de un ángel.

La niña siguió llorando, cada vez con más fuerza.

Elizabeth la tomó en brazos con cuidado, se dirigió a la mecedora que había junto a uno de los ventanales y se sentó.

Se quedó observando a su sobrina, maravillada ante la perfección de sus rasgos. Le acarició la cara y la niña dejó de llorar y la miró.

Tenía los mismos ojos azules de su madre.

«Oh, Dios mío, Renee», pensó Elizabeth con tristeza abrazando a la niña. «¿Por qué te has muerto?», se lamentó mientras una lágrima le resbalaba por la mejilla.

En el salón, Ace estaba sentado en el borde de una butaca con los codos sobre las rodillas y la cabeza entre las manos mientras Maggie se paseaba nerviosa mordiéndose las uñas.

Woodrow los observaba dándose cuenta de su preocupación y no era para menos ya que la doctora llevaba más de diez minutos a solas con la niña.

–¿Queréis que vaya a ver? –se ofreció.

–¿No te importa? –contestó Maggie visiblemente aliviada.

–No –intervino Ace–. Tiene derecho a estar a solas con la niña.

–Pero Laura debe de tener hambre –exclamó Maggie–. Voy a prepararle un biberón.

–No, Maggie, dale tiempo –le contestó su marido poniéndose en pie y agarrándola del brazo.

–¡Pero si lleva con ella una eternidad!

–Maggie, no seas injusta.

–Oh, Ace –se lamentó Maggie dejando caer la frente sobre su pecho–. Por favor, no dejes que se la lleve. Por favor, no dejes que se la lleve.

–Vamos a hacer todo lo que podamos para que Laura se quede con nosotros –la consoló su esposo–. Te lo prometo –añadió acariciándole el cuello.

–Voy a ver si la doctora necesita algo –anunció Woodrow poniéndose en pie–. A lo mejor, quiere darle el biberón.

–Gracias –le dijo su hermano.

Woodrow salió del salón, avanzó por el pasillo y se paró ante la habitación que ocupaba la niña sin saber muy bien si debía llamar o simplemente entrar.

Indeciso, apoyó el oído en la puerta y escuchó. Al no oír nada, decidió entrar. Al hacerlo, vio a la doctora sentada en la mecedora con la niña en el regazo.

–¿Doctora? –le dijo en voz baja acercándose con cuidado–. ¿Doctora? –repitió colocándose en cuclillas ante ella–. ¿Estás bien?

Elizabeth abrió los ojos y el dolor y la tristeza que Woodrow vio en ellos le rompieron el corazón.

–Renee –dijo Elizabeth abrazando a la niña contra su pecho–. Es exactamente igual que Renee.

–No lo sabía –contestó Woodrow sin saber muy bien qué decir.

–Yo… yo... –dijo Elizabeth con la voz entrecortada por las lágrimas–. No podía hacer nada para impedírselo. Mi hermana huía de mí.

Woodrow le puso la mano en la rodilla para consolarla y le quitó las gafas con sumo cuidado.

–Estoy seguro de que no fue culpa tuya.

–Sí, sí lo fue –contestó Elizabeth a lágrima viva–. Se suponía que yo tenía que cuidarla y protegerla.

–Venga, tranquilízate –intentó consolarla Woodrow–. Si sigues así, te vas a poner enferma.

Elizabeth abrazó a la niña con fuerza sin dejar de llorar.

–¿Woodrow?

Al oír la voz de su hermano a sus espaldas, Woodrow se giró y vio que Maggie también estaba en la puerta, mirándolos.

Woodrow se puso en pie.

–Dame a la niña –le dijo a Elizabeth.

La doctora obedeció como en estado de trance.

Woodrow tomó a Laura en brazos y se la entregó a Ace.

–Elizabeth no se encuentra bien –les explicó–. Creo que será mejor que volvamos a mi casa para que se tranquilice un poco.

–¿Seguro que puedes tú solo con esto? –le preguntó su hermano.

–Me parece que no voy a tener más remedio –contestó Woodrow.

Esperó a que Ace y su cuñada se hubieran ido para volverse a acercar a Elizabeth, que seguía en la mecedora llorando sin parar.

Woodrow tomó aire y volvió a arrodillarse frente a ella.

–Nos vamos a ir a mi casa para que descanses –le dijo.

Elizabeth no contestó. Al ver que lloraba cada vez más, Woodrow le dio un pañuelo.

–Deben de creer que estoy loca –dijo ella aceptándolo.

–¿Quiénes? ¿Maggie y Ace? No te preocupes por ellos –le dijo Woodrow guardándose las gafas en el bolsillo de la camisa–. Lo comprenden perfectamente. Venga, sécate las lágrimas y vámonos a mi casa.

–No puedo parar de llorar –balbució Elizabeth.

–Pues no lo hagas –contestó Woodrow–. Me

da la impresión de que hacía mucho tiempo que no llorabas y ya lo ibas necesitando.

Para cuando llegaron a su casa, Elizabeth se había quedado dormida y, no queriendo despertarla, Woodrow la tomó en brazos y se dirigió al dormitorio.

Al dejarla sobre la cama, abrió los ojos.

—No te vayas, por favor —imploró.

Woodrow no tenía mucha paciencia y no estaba acostumbrado a tantas lágrimas, pero decidió que era humano atender el ruego de aquella mujer, así que se resignó y la abrazó.

Aunque se quedó inmediatamente dormida, Woodrow sintió que se estremecía y que el cuerpo se le convulsionaba y se dijo que debía de ser por el disgusto.

Era una mujer realmente menuda, indefensa como un cachorro y, al fijarse en su rostro arrasado por las lágrimas, Woodrow se dio cuenta de que tenía ojeras.

¿Tendría problemas para dormir? La agarró una mano y se fijó en sus uñas, completamente comidas.

Entonces, recordó las manchas rosas que le había visto en el cuello y se preguntó si no serían producto de algún conflicto emocional y no de un sarpullido una marca de nacimiento como había pensado en un principio.

Desde luego, aquella mujer no estaba bien y

las últimas dieciocho horas habían sido muy difíciles para ella.

En muy poco tiempo, se había enterado de que su hermana había muerto y había ido a conocer a su sobrina, de cuya existencia no sabía nada, pero algo le indicó a Woodrow que no era aquello lo que había hecho que se pusiera tan mal.

Había repetido varias veces que su hermana se había ido de casa y que todo había sido por su culpa.

«Pero eso fue hace años», pensó Woodrow con el ceño fruncido recordando que Elizabeth le había dicho que hacía más de cinco años que no veía a su hermana.

Entonces, ¿por qué se culpaba la doctora de la muerte de su hermana? ¿Y qué había en su relación que le hacía morderse las uñas y tener sarpullidos por el cuerpo?

Capítulo Tres

Woodrow volvió a la cabaña al atardecer.

Tras limpiarse el barro de las botas en el felpudo, silbó para llamar a la perra y entró en casa haciendo ruido.

Al cerrar la puerta, se acordó de Elizabeth y corrió al dormitorio para ver si la había despertado.

Seguía en la cama, dormida, con la colcha hasta la barbilla.

Woodrow se quedó mirándola y se preguntó cómo demonios había llegado a aquella situación. Frunció el ceño y salió de la habitación diciéndose que había sido porque era un pringado.

Le entraron ganas de culpar a su hermano Ace, pero sabía que no era justo porque el único culpable de que aquella mujer estuviera en aquellos momentos en su cama era él.

No era la primera vez que recogía criaturas heridas, las curaba en su casa y luego las volvía a dejar en libertad, les buscaba un nuevo hogar o se quedaba con ellas, como había sucedido con Blue.

Se preguntó qué haría la doctora.

Con un suspiro, se dejó caer en el sofá y se quitó las botas.

Maldición, la doctora no era un cachorro hambriento que necesitara un nuevo hogar sino una mujer y no se iba a quedar en su casa.

Cuando se despertara, decidiría qué quería hacer con su sobrina y volvería a Dallas, al maravilloso y moderno edificio en el que vivía, a aquel edificio en el que, cuando un propietario se resfriaba, contagiada a todos los vecinos.

Desde el sofá, veía la silueta de Elizabeth bajo la colcha. Era obvio que aquella mujer no estaba bien de los nervios, debía de estar a punto de estallar.

Tal vez, ya lo hubiera hecho.

Woodrow jamás había visto a una persona llorar tanto ni durante tanto tiempo. No olvidaría con facilidad con cuánta desesperación se había agarrado a su camisa ni con cuánto dolor le había suplicado que se quedara junto a ella.

Woodrow se tocó el pecho encima del corazón. Hacía tiempo que nadie lo necesitaba y mucho más tiempo todavía hacía que se sentía obligado a responder ante la necesidad de alguien.

Elizabeth se movió y una cadera quedó al descubierto, recordándole a Woodrow cómo su cuerpo se había acurrucado contra el suyo.

Era suave y frágil.

Hacía mucho tiempo que no compartía cama con una mujer, mucho tiempo que no sentía el calor de tener un cuerpo cerca, excepto el de Blue.

Era una sensación placentera, una sensación que hacía que se le endureciera la entrepierna.

Woodrow apretó los dientes y se obligó a apartar la mirada diciéndose que estaba cansado, exhausto física y mentalmente.

De no ser así, no estaría teniendo fantasías sexuales con la doctora.

Necesitaba dormir, por lo menos, veinticuatro horas, pero el sofá no era muy cómodo y sabía que no iba a descansar adecuadamente.

Miró de nuevo hacia su dormitorio y se dijo que la cama era muy grande, lo suficientemente grande como para dormir en ella sin molestar a Elizabeth.

Además, lo más seguro era que se despertara antes que ella.

Se quitó la camisa con decisión y se puso en pie. Una vez en su dormitorio, se sentó en la cama, se desabrochó el cinturón y se quitó los vaqueros.

Cuando estaba a punto de quitarse los calzoncillos, se lo pensó mejor y no lo hizo porque pensó que, si Elizabeth se despertaba primero, se daría un buen susto.

Con un suspiro, se tumbó, se puso el brazo sobre los ojos y a los pocos segundos estaba dormido.

Elizabeth durmió durante más de dieciocho horas seguidas.

No soñó, algo raro en ella pues, normalmente, solía tener pesadillas que le causaban insomnio.

Cuando se estiró, sintió como si saliera de la anestesia. Le pesaban las piernas y los brazos y los párpados...

Aunque quería a levantarse, la oscuridad la sedujo de nuevo y se dejó llevar, imaginándose que vivía dentro de una ostra que la protegía.

También, por la postura que tenía, podría haber sido una cuchara que viviera en un cajón rodeada de otras cucharas.

¿Y qué era aquello que la tenía asida de la cintura?

Mientras su mente somnolienta intentaba comprender la complejidad de la situación, colocó las caderas de manera que se acomodaran más fácilmente al hueco que tenía a su espalda.

Al moverse, oyó un leve suspiro, sintió una cálida brisa en la oreja y un peso en el estómago. Entonces, se dio cuenta de que cinco poderosos dedos tenían aprisionadas sus caderas.

Woodrow.

Se dio cuenta de que estaba en la cama de Woodrow y de que era Woodrow el que la tenía agarrada.

Elizabeth abrió los ojos y se preguntó qué hacía Woodrow en la cama con ella y por qué la estaba abrazando.

«¿Qué más da?», se dijo.

Contenta, intentó saborear la placentera sensación de que la abrazaran, se concentró en la paz y la serenidad que le producía la presencia de aquel hombre y se dijo que debía disfrutar de la experiencia.

Sin embargo, el deseo se apoderó de ella rápidamente y la distrajo de sus pensamientos.

Sentía el torso musculado de Woodrow pegado a su espalda y se dio cuenta de que no llevaba camisa.

Elizabeth sintió que se quedaba sin aliento.

Le acarició la pierna con la punta del pie y comprobó que tampoco llevaba pantalones.

¿Estaría desnudo?

Le había dicho que solía dormir así.

Ansiosa por descubrir si llevaba algo puesto o no, movió las caderas contra su entrepierna y chocó contra el algodón de los calzoncillos, que le confirmaron que no estaba desnudo.

No supo si aquello la defraudó o la alivió.

De nuevo, se preguntó por qué la estaría abrazando y cuánto tiempo llevaría haciéndolo. Elizabeth recordó que le había pedido que se quedara con ella y, al ver que era de noche, se preguntó si habría dormido durante todo el día.

Intentó incorporarse para mirar el reloj que había sobre la mesilla, pero los dedos que la agarraban se lo impidieron.

–No te vayas –murmuró Woodrow somnoliento–. Estoy muy a gusto.

Elizabeth sintió que el corazón se le aceleraba y volvió a reposar la cabeza sobre la almohada.

Woodrow la acomodó entre sus piernas, suspiró satisfecho y volvió a quedarse dormido. Elizabeth, sin embargo, no fue capaz de volver a conciliar el sueño.

Recordó cómo Woodrow la había consolado acariciándole la espalda, recordó la paz y la tranquilidad que se habían apoderado de ella cuando se había visto entre sus brazos.

Aquel hombre tan alto y tan fuerte la había tratado con tanta amabilidad y ternura que Elizabeth había comprendido que, tras la apariencia de oso gruñón, se escondía una buena persona.

Confusa por la paradoja, se concentró de nuevo en recordar sus caricias y pensó que tenía unas manos maravillosas, grandes y fuertes.

«Y qué ojos», pensó recordando lo azules que eran.

Cuando se habían conocido, había pensado que tenía una mirada fría como el acero, pero, cuando se había puesto en cuclillas ante ella en la mecedora y le había quitado las gafas con sumo cuidado, había visto una ternura en ellos que la había conmovido.

¿Por qué la trataba con tanta ternura? Al fin y al cabo, no la conocía de nada.

En ese momento, Woodrow se apretó ligeramente contra ella y Elizabeth reconoció la sutil caricia de su erección, que hizo que un intenso calor le recorriera todo el cuerpo.

Si veinticuatro horas antes se hubiera despertado en la cama de un desconocido, de un desconocido excitado, se habría muerto de miedo.

Sin embargo, por alguna extraña razón, no tenía miedo.

Woodrow no le daba miedo.

En aquellos momentos, lo que sentía era... ¿felicidad? Desde luego. ¿Placer? Sí, placer también. ¿Deseo? Sin duda.

Elizabeth cerró los ojos y se quedó dormida.

Cuando volvió a despertarse, el sol entraba por la ventana que había junto a la cama.

Al no sentir a Woodrow a su lado, alargó la mano y comprobó que las sábanas estaban frías.

¿Habría sido todo sueño?

—Estoy aquí.

Elizabeth se giró y vio que Woodrow estaba sentado en una silla con una taza de café en la mano y observándola.

—Has dormido conmigo —murmuró con incredulidad.

—No en sentido bíblico, así que no te preocupes —rió Woodrow.

—No, no lo digo por eso —contestó Elizabeth negando con la cabeza y sentándose—. Creía que había sido... un sueño.

—Mejor un sueño que una pesadilla —dijo Woodrow poniéndose en pie.

Elizabeth no podía dejar de mirarlo, pero, al recordar lo que había pasado entre ellos durante la noche, se sonrojó y apartó la mirada.

¿Recordaría Woodrow la respuesta de su cuerpo al encontrar su erección?

—Perdón por lo que me pasó ayer en casa de tu hermano —se disculpó tapándose la cara para que no se diera cuenta de su zozobra—. Debéis de creer que estoy loca.

—No hace falta que te disculpes —contestó Woodrow dando un trago al café—. Te vino bien llorar. ¿Tienes hambre? He hecho tortitas.

—La verdad es que estoy desfallecida —contestó Elizabeth levantándose—. Me siento como si no hubiera comido en días.

—Por lo delgada que estás, yo diría que no has comido en meses.

Desde la puerta del baño, Elizabeth se giró hacia él esperando ver en su rostro disgusto o desaprobación, pero lo que vio fue... ¿qué era aquello?

Antes de que le diera tiempo encontrar a una palabra, Woodrow se giró apresuradamente y salió de la habitación.

—Date prisa, que se enfría el desayuno.

Después de desayunar, Elizabeth insistió en recoger la cocina porque, según ella, era lo mínimo que podía hacer ya que Woodrow había preparado las tortitas y el café.

Aunque Woodrow estaba acostumbrado a hacerlo todo él, le dejó recoger la cocina porque pensó que tener algo de actividad la distraería.

La verdad es que tenía mejor aspecto. Teniendo en cuenta por lo que había pasado en las últimas cuarenta y ocho horas, estaba estupenda.

Se había recogido el pelo y se había puesto un pantalón de lino en color crudo y una camisa de manga larga blanca para bajar a desayunar.

Seguía pareciendo una criatura frágil, pero el sueño le debía de haber hecho bien porque ya no tenía ojeras y tenía buen color en las mejillas.

«La ciudad», pensó Woodrow convencido de que parte de que estuviera mal se debía a vivir en un entorno tan contaminado.

Lo que aquella mujer necesitaba era pasar un mes en el campo, haciendo vida sana y disfrutando del sol y del aire puro.

Woodrow puso los ojos en blanco al darse cuenta de su estupidez.

Elizabeth podía vivir como le diera la gana y no era asunto suyo.

Él lo único que tenía que hacer era encontrarla, que ya lo había hecho, y convencerla para que dejara que Ace y Maggie adoptaran a su sobrina.

Tenía que ponerse manos a la obra con la segunda fase de su misión.

–¿Te apetece ir a casa de Ace y de Maggie? –le preguntó con eso en mente.

–No –contestó Elizabeth dando un respingo–. Todavía no –añadió secándose las manos–. Me gustaría ir a la tumba de mi hermana. ¿Sabes dónde está enterrada?

–No, pero se lo puedo preguntar a Maggie –contestó Woodrow.

–No le caigo bien –declaró Elizabeth bajando la mirada.

–¿A Maggie? –dijo Woodrow a pesar de que sabía exactamente a quién se refería y por qué lo decía–. Maggie tiene un corazón de oro. No es que no le caigas bien sino que... bueno, creo que tiene miedo.

–¿De mí? –preguntó Elizabeth sorprendida–. ¿Por qué?

Woodrow no sabía exactamente qué decir, así que decidió que era mejor ir con la verdad por delante.

–Tiene miedo de que quieras pedir la custodia de la niña –contestó–. ¿Lo vas a hacer?

–No lo sé –contestó Elizabeth doblando cuidadosamente el trapo y dejándolo sobre la encimera–. Todo esto me ha pillado por sorpresa –añadió con voz trémula–. Primero, me entero de que mi hermana ha muerto y, ahora, tengo que decidir el futuro de mi sobrina. No puedo, no podré hacerlo hasta que haya asimilado la muerte de Renee –le explicó–. Ya sé que esto puede sonar un poco egoísta y evasivo, pero te pido que me comprendas –concluyó con lágri-

47

mas en los ojos–. Ni siquiera pude despedirme de ella.

Woodrow paró la furgoneta en el estrecho camino rodeado de árboles junto al que se alineaban las tumbas.

Miró a Elizabeth de reojo y se preguntó si podría hacerlo.

No había hablado en todo el trayecto hasta el cementerio de Killeen y ahora estaba mirando por la ventana, de espaldas a él, así que era imposible saber lo que estaba pensando.

–Debe de ser ésa –suspiró señalando un trozo de tierra revuelta recientemente–. Es el número cuarenta y nueve.

Elizabeth tomó aire y asintió.

–¿Quieres que vaya contigo? –se ofreció Woodrow.

–No, gracias.

Woodrow la observó mientras bajaba de la furgoneta y se acercaba a la tumba con pasos lentos e indecisos.

Elizabeth se apartó unos mechones del pelo. Woodrow la observaba sin respirar. Entonces, la vio caer de rodillas ante la tumba de su hermana y acariciar la placa de plástico de identificación.

Woodrow se preguntó si debería acudir a su lado o debería dejarla a solas con su dolor. Mientras se debatía entre las dos posibilidades, vio que Elizabeth hundía la barbilla en el pecho y comenzaba llorar.

Sin pensárselo dos veces, abrió la puerta de la furgoneta y, en cinco zancadas, se plantó a su lado.

No le dijo nada porque no tenía palabras para evitarle el dolor por el que estaba pasando. Le hubiera encantado poder ahorrárselo, pero, ya que no podía, le apretó el hombro y le dio lo único que podía darle, su fuerza.

Elizabeth tomó aire y miró hacia el cielo.

—Dios mío, cómo odio esto —dijo con lágrimas en los ojos—. Me he tenido que enfrentar a la muerte cientos de veces y, en algunas ocasiones, la he vencido —le dijo volviendo a mirar la tumba de su hermana—. Sin embargo, jamás la entenderé.

—No creo que nadie la entienda —le aseguró Woodrow.

—No es justo, ¿verdad? —dijo Elizabeth agarrándole la mano que tenía sobre su hombro—. Era joven y acababa de tener una hija. Tenía toda la vida por delante.

—No, no es justo, pero la vida no lo suele ser.

Elizabeth lo miró con las lágrimas colgándole de las pestañas como si fueran diamantes.

—¿Has perdido alguna vez a alguien querido, Woodrow?

Woodrow no quería hablar de eso y no lo iba a hacer. Se había pasado buena parte de su vida poniendo una armadura alrededor de su corazón para no sufrir por el dolor de la pérdida.

–Es difícil no perder a alguien tarde o temprano –contestó tirando de ella para que se levantara.

–Yo he perdido a todo el mundo –declaró Elizabeth mirando de nuevo la tumba de su hermana–. Mi padre murió cuando era pequeña y mi madre murió hace cinco años. Renee volvió a casa para su entierro. Ésa fue la última vez que la vi.

–¿Discutisteis? –quiso saber Woodrow–. Perdón, no es asunto mío.

–No pasa nada –sonrió Elizabeth–. Sí, discutimos. No éramos capaces de estar más de cinco minutos juntas sin discutir –recordó mirando al horizonte–. Éramos muy diferentes, tanto en carácter como en físico. Queríamos cosas distintas de la vida. Yo siempre fui muy estudiosa y desde pequeña supe que quería ser médico. Renee quería...

–¿Qué quería? –la animó Woodrow al verla dudar.

–No lo sé, lo quería todo. Era guapa y... estaba muy consentida –confesó Elizabeth en voz baja–. Sé que es espantoso y cruel hablar así de ella cuando está muerta, pero es la verdad –se disculpó–. Lo peor es que yo contribuí a mimarla tanto.

Woodrow no quería sentir compasión por ella, no quería sentir absolutamente nada por ella porque, de ser así, no iba a poder convencerla de que dejara que Ace y Maggie se quedaran con la niña, pero no podía quedarse junto a ella viéndola sufrir sin hacer nada.

Era obvio que debía distraerla.

—¿Te gusta pescar? —le preguntó.

Elizabeth lo miró confundida por el repentino cambio de tema.

—¿Cómo?

—Pescar —repitió Woodrow agarrándola de los hombros y llevándola hacia el coche—. Me apetece comer pescado esta noche y conozco un lugar precioso para ir a pescar.

Elizabeth arrugó la nariz con disgusto al contemplar la caja de corazones de pollo que había en el muelle entre Woodrow y ella.

Jamás había ido a pescar y, la verdad, no tenía ningún interés en aprender, pero no había sido capaz de negarse después de todo lo que Woodrow había hecho por ella.

Decidida a participar, se remangó la camisa hasta los codos y miró con asco el cebo. Sintió náuseas, pero se contuvo.

—¿De verdad es necesario poner uno en el anzuelo?

—Si quieres pescar algo, sí —contestó Woodrow—. No olvides pincharlo un par de veces. De lo contrario, se te caerá.

Elizabeth cerró los ojos, metió la mano en la caja de cartón y la volvió a sacar rápidamente.

—No puedo —se lamentó.

Woodrow la miró y frunció el ceño al ver su

51

cara de disgusto. Acto seguido, dejó su caña en el suelo y tomó en la mano el anzuelo de la caña de Elizabeth.

–Tiquismiquis –murmuró.

Elizabeth giró la cabeza para no ver cómo agujereaba el cebo.

–Ya está –le dijo–. ¿Quieres que te la lance también?

–No, eso ya lo hago yo –contestó Elizabeth decidida a demostrarle que no era ninguna cobarde.

Acto seguido, lanzó la caña.

–¡Para el carrete! –exclamó Woodrow.

–¡Ah, sí! –contestó Elizabeth recordando lo que le había enseñado hacía un rato–. ¿Y ahora?

–Ahora, hay que esperar.

Resignada, Elizabeth cruzó las piernas, se puso la caña entre ellas y esperó. Al cabo de un rato, estaba aburrida de mirar el corcho y se puso mirar a su alrededor.

El lago en el que estaban era muy grande y estaba encerrado por enormes piedras. Había cedros y praderas de césped por todas partes y en ellas pastaban cabras y vacas.

–¿Todo esto es tuyo? –le preguntó con curiosidad.

–¿Cómo?

–Esto –dijo Elizabeth haciendo una barrida con el brazo a su alrededor.

–Setecientos cincuenta acres son míos, sí

—contestó Woodrow—. ¿Ves esa verja de allí? —añadió señalando el horizonte.

—Sí

—Hasta allí llega mi propiedad por el norte —le explicó Woodrow—. Esos árboles de ahí —añadió señalando hacia el otro lado —marcan la frontera sur. La autopista por la que se entra marca el este y el oeste está a más o menos una milla y media de aquí. Mi casa está justo en el centro.

Elizabeth se quedó alucinada de no ver más casas cerca.

—¿No te sientes solo?

—No —contestó Woodrow mirando el corcho de su caña.

Elizabeth se quedó pensativa.

—Bueno, supongo que, si te encuentras solo, puedes ir a casa de tu hermano.

—¿Ace?

Elizabeth asintió.

—Ace no vive aquí. La casa en la que están ahora era la de mi padre. Se va a quedar en ella hasta que arreglemos la herencia, pero él vive en Killeen.

—Me dijiste que tenías más hermanos, ¿no? ¿Ellos viven por aquí?

—No. Ry vive en Austin. Es médico. Rory, el más pequeño, viaja un montón, pero tiene su casa en San Antonio. Whit, mi hermanastro, es el que más cerca vive, a unas veinte millas de aquí, pero no lo suelo ver.

—¿Por qué?

Woodrow se encogió de hombros.

–Porque él tiene su vida y yo tengo la mía.

–¿Te llevas bien con tus hermanos?

–Antes, sí, estábamos muy unidos –contestó Woodrow frunciendo el ceño–. ¿Vas a seguir hablando o prefieres pescar?

Eso quería decir que no quería que le hiciera más preguntas, así que Elizabeth respetó sus deseos, se secó el sudor del cuello y se quedó mirando a los árboles que había en la orilla derecha.

«Qué bien se tiene que estar en esa sombra de ahí», pensó muerta de calor.

Lo cierto era que hacía mucho calor para estar en septiembre y, además, no estaba acostumbrada a estar al aire libre a aquellas horas del día.

Miró a Woodrow y se preguntó si estaría pasando calor o si estaría acostumbrado. Estaba sentada algo detrás de él, así que podía estudiarlo sin que la viera.

Llevaba un sombrero de vaquero que le cubría el cuello y la cara. Ojalá le hubiera prestado uno a ella porque tenía la piel muy blanca y se quemaba con facilidad.

Al ver que tenía una marca de sudor en la espalda, se dijo que no era tan inmune al calor como parecía.

Siguió la marca con la mirada y tragó saliva cuando se perdió más allá de la cinturilla de sus vaqueros y se encontró mirándole el trasero.

«Tiene un cuerpo perfecto», pensó sin poder apartar la mirada de él.

Su cuerpo formaba una uve desde los hombros a la cintura y entonces recordó que la enfermera que trabajaba con ella le había comentado una vez que George Strait tenía trasero de vaquero.

El trasero de Woodrow Tanner era mucho mejor.

—Ha picado —anunció Woodrow.

—¿Cómo? —contestó alarmada porque la había pillado mirándolo.

—Han picado —repitió Woodrow señalando su corcho.

Elizabeth vio que, efectivamente, el corcho se movía y se puso en pie.

—¿Qué hago? —gritó.

Woodrow dejó su caña en el suelo y se puso de pie a su lado.

—Recoge.

Elizabeth pensó que, por la fuerza que tenía el pez, debía de ser una ballena.

—Es grande, ¿verdad? —preguntó viendo al animal ya fuera del agua.

—Sí —contestó Woodrow mostrándoselo.

Elizabeth lo observó fascinada mientras le quitaba el anzuelo de la boca y lo dejaba en una cesta que tenía sumergida junto al muelle.

—Buen trabajo —dijo Woodrow volviéndose a sentar tras haberse limpiado las manos.

Elizabeth se sonrojó ante su cumplido. Era una tontería, pero contar con su aprobación significaba más que todos los premios y títulos que poseía.

Capítulo Cuatro

Mientras Elizabeth se duchaba y se cambiaba de ropa, Woodrow llamó a su hermano Ace. Para asegurarse de que no los oía, salió al porche y utilizó el teléfono móvil.

–Sí, la he llevado al cementerio –contestó sentándose en los escalones del porche y acariciando a Blue–. Lo ha llevado mejor de lo que yo esperaba –añadió–. No se ha venido abajo como le pasó ayer en casa.

–¿Habéis estado en el cementerio todo el día? –preguntó Ace sorprendido.

–No, hemos estado un rato. Luego, hemos venido a mi casa y nos hemos ido a pescar.

–¿A pescar? –rió Ace–. Me cuesta imaginarme a la doctora, tan seria y estirada, pescando.

Woodrow sonrió al recordar a Elizabeth, con sus pantalones de lino y su camisa blanca remangada hasta los codos, sonriendo sin parar porque había pescado una trucha.

–Desde luego, no va a ganar ningún concurso, pero lo ha hecho bastante bien. De hecho, ha pescando el pez más grande –la defendió.

–¿Te ha pescado a ti? –rió Ace.

—Yo no he dicho eso —contestó Woodrow frunciendo el ceño—. Sólo he dicho que ha pescado al más grande.

—Ya, claro —insistió Ace en tono divertido.

Woodrow decidió volver a encarrilar la conversación.

—No sé cuándo va a querer ver a la niña de nuevo. No me ha dicho nada. A lo mejor, mañana. Ya os lo diré.

—¿Qué vas hacer con ella mientras tanto?

—¿A qué te refieres?

—Me refiero a que no creo que os vayáis a quedar en tu casa, bebiendo cerveza y jugando a los dardos. Esa mujer tiene pinta de ser intelectual, de que le guste el vino y hablar de Sócrates.

—Y crees que yo soy tonto y no sé mantener una conversación con una mujer inteligente, ¿no?

—Yo no he dicho eso. No lo he dicho en ese plan...

—No pasa nada —gruñó Woodrow sabiendo que sus conocimientos eran limitados.

La cierto era que nunca había sido buen estudiante. El colegio nunca le había interesado y su padre no había insistido demasiado.

—Os llamaré cuando me diga que quiere ir a ver a la niña —murmuró antes de colgar.

Se abrazó las rodillas y se quedó mirando al horizonte.

Era cierto que no tenía estudios universitarios como sus hermanos, pero no era tonto. Lo demostraba el hecho de que hubiera trabajado mucho, hubiera ahorrado y se hubiera comprado aquella casa sin ayuda de nadie.

Utilizando la cabeza, además de la fuerza y la voluntad, había convertido aquella propiedad en un rancho próspero.

Nada que ver con el Bar-T, por supuesto, pero estaba orgulloso de lo que había conseguido.

Tenía un buen rebaño de vacas y cabras y buenas cosechas de cereales. Además, llevaba un tiempo estudiando la posibilidad de montar una piscifactoría por si el sector ganadero empeoraba.

No dependía de nadie, ni siquiera de la Naturaleza, para subsistir.

Cuando construyó la casa, había hecho también un pozo para uso y disfrute privado que se abastecía de agua de lluvia recogida en los canalones situados en el tejado. Con esa agua, fregaba y daba de beber al ganado.

Había tomado el camino fácil con la electricidad pues había contratado los servicios de la empresa que operaba en la zona, pero, aun así, tenía un generador solar por si acaso.

Además, casi toda la comida que se servía en aquella casa, se producía en el rancho. Las verduras y las frutas eran de su huerto y la carne procedía de sus reses.

No, no era un intelectual, pero no era tonto.

Era autosuficiente y sobreviviría.

Llevaba años haciéndolo.

Solo.

Al oír los goznes de la puerta, se giró y vio a Elizabeth saliendo al porche. Se había duchado y se había puesto un vestido de algodón por los tobillos y estaba descalza.

Ignorando su presencia, se dobló por la cintura, dejó caer la melena hacia delante y se peinó los rizos.

Woodrow no sabía qué encontraba tan erótico en un gesto tan sencillo, pero lo cierto fue que se le secó la boca y los vaqueros se le antojaron veinte tallas más pequeños.

Al estar echada hacia delante, el escote del vestido se había abierto y Woodrow tenía una interesante vista.

Dos pechos menudos y firmes que parecían de porcelana reclamaron su atención.

Elizabeth se incorporó y echó el pelo hacia atrás, que le cayó sobre los hombros. Parecía una cascada de agua dorada.

Cuando sus miradas se encontraron, Elizabeth se tensó y apretó el cepillo con fuerza.

—Si prefieres estar solo, me voy dentro —se apresuró a decirle.

Woodrow frunció el ceño, preguntándose qué la habría llevado a pensar que prefería estar solo que con ella, y negó con la cabeza.

—Sólo estaba disfrutando del paisaje —le dijo mirando sus tierras—. Hay sitio para los dos.

Al oír sus pisadas sobre la madera del porche, comprendió que se iba a sentar a su lado y apoyó los brazos en las rodillas para disimular su erección.

Al sentarse, su vestido le rozó el muslo y Woodrow tuvo que hacer un esfuerzo sobrehumano para no gemir.

—Esto es precioso —sonrió Elizabeth abrazándose las rodillas y tapándose los pies desnudos con el vestido.

—Sí, lo es —contestó Woodrow admirando el atardecer.

—Sé que puede parecer una tontería, pero no hay atardeceres así de bonitos en la ciudad.

Woodrow asintió.

—En las ciudades, hay demasiados edificios y no se puede disfrutar bien del atardecer —opinó—. Además, tenéis una contaminación lumínica que os impide apreciar los verdaderos colores.

—Nunca lo había pensado —recapacitó Elizabeth—. Tienes razón —añadió pensativa—. Aquí los colores parecen más vivos.

Woodrow sabía que había hablado, pero no tenía ni idea de lo que había dicho porque se había quedado prendado de su sonrisa.

Tenía una sonrisa preciosa que le iluminaba los ojos.

Los ojos.

Se fijó por primera vez en lo bonitos que eran. ¿Por qué no se había fijado en ellos antes? Tal vez, porque ahora no llevaba gafas.

Al no haber entre ellos cristales ni monturas, observó que eran almendrados y tenían unas larguísimas pestañas.

Aunque eran azules como los suyos, los de Elizabeth eran más claros y su mirada era más tierna, más amable.

Al mirarlos, se veía en ellos reflejada el alma de su dueña. Aquella mujer era incapaz de esconder nada.

Woodrow no se había dado cuenta de que la estaba mirando fijamente hasta que Elizabeth se tocó la mejilla confundida.

–¿Tengo algo en la cara? –le preguntó.

–No –contestó Woodrow–. Tienes la cara perfecta, te lo aseguro –añadió tomándola de la mano.

Al verla sonrojarse, Woodrow sintió que se le derretía el corazón. Debería haberle soltado la mano, pero no lo hizo. Entrelazó los dedos con los suyos y los apoyó en su muslo. Ella podría haber intentado retirarla, pero tampoco lo hizo.

Woodrow sintió que temblaba y se preguntó por qué sería. Una mujer adulta no debería temblar porque un hombre la agarrara de la mano. ¿Sería que estaba incómoda con él o que habría algo más?

«¿No será que tiene novio en Dallas?», se preguntó.

Decidido a averiguarlo, le apretó la mano.

–Ya sé que debe de haber maneras más sutiles de preguntar esto, pero, como no las conozco, voy a directamente al grano. ¿Hay alguien en tu vida?

–¿Cómo?

–¿Tienes novio? –insistió Woodrow impaciente.

–Ya no –contestó ella mirando a la lejanía.

Woodrow suspiró aliviado, se puso en pie y tiró de ella para que se levantara.

–Bien, porque no me apetece tener problemas –suspiró Woodrow aliviado.

–¿Por qué ibas a tener problemas? –rió Elizabeth.

Para su sorpresa, Woodrow la tomó de la cintura y la besó.

No lo hizo con pasión aunque era lo que más le apetecía hacer, sino que esperó a que ella abriera la boca y lo invitara a entrar para dar rienda suelta a la excitación.

Era una mujer dulce e inocente que… no llevaba ropa interior. Lo había sospechado al ver el movimiento de sus pechos bajo el vestido, pero ahora tenía la certeza porque había deslizado sus manos desde sus hombros hasta sus caderas y no había encontrado ningún tirante ni cinturilla.

La tomó de las nalgas y la apretó contra él. Al sentirla contra su erección, tuvo que hacer un esfuerzo sobrehumano para no gemir de placer.

Woodrow sentía la sangre en las sienes. Estaba yendo demasiado rápido. No para él sino para ella. La doctora era frágil tanto física como emocionalmente.

Hacerle el amor en aquellos momentos sería

aprovecharse de ella y seguramente acabaría arrepintiéndose de haberse acostado con él.

Woodrow la dejó en el suelo, dejó de besarla y la miró. Tenía los ojos cerrados y los labios levemente abiertos.

Woodrow sentía su aliento en el cuello y vio que abría los ojos y lo miraba con deseo y curiosidad.

—Quería besarte, pero no sabía si podía hacerlo porque temía que tuvieras pareja —le explicó Woodrow acariciándole la mejilla.

También temía que, si seguía mirándolo así, no se limitara a besarla…

—Será mejor que nos metamos en casa antes de que nos coman los mosquitos —añadió dándole un beso en la punta de la nariz.

Elizabeth asintió y retiró lentamente los brazos de su cuello.

—¿Elizabeth?

—¿Sí?

—Anoche dormí contigo y te abracé, pero esta noche no voy a poder hacerlo porque querría hacerte el amor.

Elizabeth se sonrojó y bajó la cabeza.

—Lo... entiendo.

—¿De verdad? —dijo Woodrow levantándole el mentón—. No sé. Anoche, cuando me acosté a tu lado, no tenía intención alguna de tocarte. Pensé que me despertaría antes que tú y que ni siquiera te darías cuenta —le explicó—. Claro que eso fue antes de descubrir que eres una de esas personas que te roban la cama entera —sonrió.

–¿Yo? –exclamó Elizabeth.

–Sí. A los diez minutos de haberme metido en la cama, me habías quitado todo el sitio y me tenías completamente arrinconado.

–¡Eso no es verdad! –exclamó Elizabeth indignada intentando apartarse de él.

–Claro que lo es –contestó Woodrow agarrándola de la cintura–. Al ver que me iba a caer de la cama, me dije que sólo tenía dos opciones... abrazarte o dejarme caer al suelo. Obviamente, preferí abrazarte.

Al darse cuenta de que le estaba tomando el pelo, Elizabeth le dio un golpe en el pecho.

–Te está bien empleado por meterte a hurtadillas en la cama conmigo –sonrió.

Woodrow le agarró las manos y la miró los ojos.

–¿Elizabeth?

–¿Sí?

–Esta noche... cierra la puerta con llave.

Woodrow le había dicho que cerrara la puerta, pero Elizabeth no la había cerrado.

Todavía no.

Tras darse las buenas noches, se había puesto el camisón y ahora estaba ante la puerta, decidiendo si la cerraba con llave o no.

Probablemente, Woodrow estuviera al otro lado, esperando a oír el clic.

¿Por qué le había pedido que la cerrara? ¿Habría sido una advertencia? Desde luego, le había dejado claro que se sentía atraído por ella.

Tal vez, le había dicho que cerrara la puerta con llave porque no se fiaba de sí mismo o, quizá, le estaba dejando a ella que eligiera.

Elizabeth retiró la mano de la cerradura.

Ella también se sentía atraída por él.

Claro que sabía que empezar una relación al poco tiempo de haber dejado otra era muy peligroso porque podía hacerse única y exclusivamente por despecho.

¿Estaría transfiriendo sus sentimientos por Ted a Woodrow? ¿Utilizaría a Woodrow para llenar el vacío que es su ex novio había dejado en su vida?

Elizabeth apoyó la frente en la puerta.

¿Qué vacío?

Hasta que Woodrow no le había preguntado que si tenía novio, no había vuelto a pensar en Ted.

Para ser sincera, ni siquiera había tenido tiempo porque, a las pocas horas de haberle devuelto su anillo de compromiso, se había ido a Tanner's Crossing con Woodrow.

Woodrow.

Se lo imaginó en el salón, tumbado en el sofá, y apoyó una mano en la puerta de madera, desesperada por tocarlo.

Se había portado tan bien con ella, le había dado consuelo y comprensión.

No se podía imaginar a Ted haciendo aquello. Desde luego, su ex novio jamás habría insistido en que fuera al cementerio, tal y como había hecho Woodrow, y, ni mucho menos, la habría acompañado.

Ted le habría dicho que era una tontería, una pérdida de tiempo, algo absurdo.

Sin embargo, Woodrow había entendido su deseo de ver el lugar donde estaba enterrada su hermana, su necesidad de reconciliarse con el pasado.

En un principio, se había negado a que la acompañara hasta la tumba de Renee, pero había ido tras ella de todas maneras, para consolarla, para darle fuerzas ante el dolor.

Recordaba el peso de su mano en el hombro cuando Woodrow se había arrodillado a su lado y la energía que había sentido emanar de su cuerpo.

¿Sería acaso que buscaba consuelo y no su cuerpo? Elizabeth estaba confusa y comprendió que en aquel momento no debía tomar decisiones apresuradas.

Así que cerró la puerta con llave.

Hasta que no estuviera segura de sus sentimientos, no quería tener ningún acercamiento físico con Woodrow.

Le tenía demasiado afecto como para satisfacer sus necesidades de manera egoísta con él.

Woodrow se había quitado los vaqueros y estaba sentado en el sofá cuando oyó el clic de la cerradura.

Dejó caer la cabeza entre las manos y suspiró con decepción.

Le había dicho que cerrara la puerta con llave, pero había albergado esperanzas de que Elizabeth ignorara su advertencia, de que lo deseara tanto como él la deseaba a ella.

Con un suspiro de resignación, se tumbó en el sofá y se puso un brazo sobre los ojos.

Al cabo de unos segundos, sintió algo frío y húmedo en el antebrazo y, al girar la cabeza, vio que era Blue, que lo miraba con ojos lastimeros.

—Está bien, pequeña —le dijo haciéndole un sitio en el sofá.

Cuando la perra hubo subido, la abrazó y volvió a cerrar los ojos.

A pesar de que Blue había compartido cama con él durante los últimos tres años, no podía ayudarlo a hacer desaparecer la soledad que sentía en el corazón.

Woodrow dio un respingo y abrió los ojos.

¿Qué lo había despertado?

Al oír el timbre del teléfono, le quedó claro lo que había sido.

Se puso en pie al mismo tiempo que se abría la puerta del dormitorio y Elizabeth salía abrochándose la bata y con el pelo alborotado.

Se quedó mirándolo fijamente pues Woodrow sólo llevaba puestos unos calzoncillos, pero a él no le importó.

—He oído que estaba sonando el teléfono –dijo Elizabeth consiguiendo con gran esfuerzo mirarlo a los ojos.

—Sí –murmuró Woodrow–. Yo también lo he oído. Espero que sea algo importante –añadió acercándose al aparato.

A medida que iba escuchando, su cara de enfado se fue tornando preocupación.

—¿Cuánta fiebre tiene? –preguntó–. Madre mía, tiene una fiebre altísima.

Segura de que la conversación tenía algo que ver con su sobrina, Elizabeth se acercó a él con un nudo en el estómago.

—Se lo voy a preguntar –dijo Woodrow cubriendo el auricular–. Es Ace –le explicó en voz baja–. La niña tiene treinta y nueve y medio y han llamado a su médico, pero no está en la ciudad. ¿Te importaría ir tú a verla?

A Elizabeth se le heló la sangre en las venas ante la perspectiva de volver a ver a su sobrina.

No estaba preparada.

Primero, tenía que asimilar la muerte de su hermana.

—No me he traído el maletín –se disculpó utilizando la primera excusa que se le vino a la mente.

Woodrow le apartó un mechón de pelo de la cara y le acarició la mejilla con dulzura.

—Es sólo que vayas a verla –le pidió–. Yo iré contigo.

Elizabeth cerró los ojos porque le habían

entrado unas horribles ganas de llorar y buscó fuerza para aguantar aquello.

La encontró en la mano que le estaba acariciando el rostro.

—Está bien, me voy a vestir —le dijo mirándolo a los ojos.

Cuando Woodrow paró el coche ante la casa en la que había pasado su infancia, todas las ventanas estaban iluminadas.

Agarrando a Elizabeth del codo, llegaron al porche y entraron.

—Ace, ¿dónde estáis? —dijo en voz alta.

—Aquí —contestó su hermano asomando la cabeza desde la habitación de la niña.

Woodrow acompañó a Elizabeth hasta el baño en el que estaban Maggie y Laura. Maggie lloraba apesadumbrada mientras intentaba calmar a la niña, que berreaba sin parar.

Woodrow miró a Elizabeth, se había quedado de piedra mirando la escena que tenían ante sí.

—¿Doctora?

Elizabeth lo miró y Woodrow se dio cuenta de que tenía miedo, así que le apretó el brazo para animarla.

—Estaré justo detrás de ti —le dijo en voz baja.

Elizabeth tomó aire, levantó el mentón y entró en el baño.

Woodrow la siguió y se quedó un paso por detrás de ella mientras que su hermano Ace se hacía a un lado para que tuviera espacio suficiente.

Elizabeth miró a la niña y Woodrow se dio cuenta de que estaban a punto de saltársele las lágrimas. Sin embargo, tragó saliva y lo miró a través del espejo.

«Tú puedes», pensó Woodrow guiñándole un ojo.

Elizabeth volvió a mirar al bebé, apretó los dientes y se remangó.

La transformación fue algo digno de verse. Aquella mujer frágil y llorosa se convirtió de repente en una doctora competente y eficaz.

Completamente segura de lo que estaba haciendo, comenzó a lavarse las manos con abundante jabón.

–¿Qué síntomas tiene? –preguntó.

–Comenzó a tener un poco de fiebre ayer –contestó Maggie–. Hoy ha estado inquieta durante todo el día, pero no le he dado importancia. Sin embargo, por la noche, cuando le estaba dando el biberón, me he dado cuenta de que estaba bastante caliente –le explicó tapándose la boca con preocupación–. Debería haberle tomado la temperatura entonces, pero no lo he hecho. Creía que no era grave, que quizá le iba a salir un diente. A las once, se ha despertado llorando y gritando y... –continuó Maggie presa de las lágrimas– hemos hecho todo lo que hemos podido para calmarla. Le hemos puesto el termómetro y ha sido entonces cuando nos hemos dado cuenta de la fiebre tan alta que tenía —concluyó incapaz de seguir.

Acto seguido, se giró hacia su marido, lo abrazó y escondió la cara en su pecho, donde dio rienda suelta al llanto.

—Al desnudarla, hemos visto que tiene manchas rojas en el pecho —añadió Ace—. ¿Sabes qué puede ser?

Elizabeth se ajustó las gafas y estudió a la pequeña.

Todos los demás aguantaron la respiración.

—¿Le han puesto alguna vacuna recientemente? —preguntó mientras le palpaba el cuello en busca de ganglios inflamados.

—No —contestó Maggie entre hipidos—. La última vez que la pincharon fue hace tres semanas.

—¿Ha estado resfriada?

—Un poco. Tose de vez en cuando y hace un rato me ha parecido oír como un silbido, pero no estoy segura porque estaba llorando muy alto.

Elizabeth asintió, tomó a Laura en brazos y se la apoyó en el hombro.

—Llevarla a vuestro médico para que os dé su opinión, pero yo creo que tiene rubeola. ¿Sabéis lo que es?

Maggie asintió con los ojos muy abiertos.

—Sí —contestó mirando a su marido con culpabilidad—. Por Dios, yo estoy estudiando enfermería. Debería haberme dado cuenta —añadió sin parar de llorar–. Soy una madre terrible –sollozó con desesperación.

Woodrow se dio cuenta de que Elizabeth daba un respingo al oír a Maggie denominarse madre de Laura.

–No, lo que pasa es que has sentido pánico, que es lo que le suele pasar a la mayoría de la gente cuando ve a un niño enfermo –la tranquilizó sin embargo.

A continuación, comenzó a acunar a Laura. Al darse cuenta de que le temblaban los labios, Woodrow la tomó en brazos.

–Ven aquí, diablillo –dijo para que Elizabeth pudiera controlarse–. Menudo susto nos has dado –añadió haciéndole cosquillas en la tripa.

–¿Tenéis aspirina infantil líquida? –preguntó Elizabeth tras recobrar la compostura.

–Sí –contestó Maggie.

–Dadle una dosis con algo de zumo. Así dormirá bien. Puede que tenga fiebre durante un par de días más y, seguramente, le saldrán más manchas rojas, pero la rubeola es un virus que no tiene consecuencias graves. Se le pasará en unos cuantos días –les explicó girándose a continuación hacia Woodrow–. Si no te importa, creo que será mejor que nos vayamos porque supongo que Maggie y Ace estarán agotados.

Durante el trayecto de regreso, Elizabeth no habló. Simplemente, se dedicó a mirar por la ventana.

Woodrow sabía que algo le estaba rondando la cabeza y creía saber qué era.

—¿Estás bien? —le preguntó al llegar.

Sin mirarlo, Elizabeth asintió y abrió la puerta. Woodrow la observó bajarse en silencio y corrió tras ella.

—Lo has hecho muy bien —le aseguró agarrándola de los brazos—. Sé que debe de ser muy duro mirar a esa niña y ver en ella a tu hermana.

Elizabeth dejó caer la cabeza hacia delante y las lágrimas comenzaron a deslizarse por sus mejillas.

—Qué injusta es la vida —se lamentó—. Tendría que ser Renee quien estuviera cuidando de Laura y no Maggie.

A Woodrow se le contrajo el corazón al verla sufrir así y la abrazó con fuerza.

—No hay nada que yo te pueda decir que te ayude porque cada uno necesita un tiempo de duelo para aceptar la muerte de sus seres queridos —le dijo—. Sin embargo, te aseguro que me encantaría poder hacer algo para hacerte este trago menos amargo.

Elizabeth lo abrazó de la cintura y apoyó la mejilla en su pecho.

—Ya lo estás haciendo —murmuró entre lágrimas—. Ya lo estás haciendo.

Solamente la estaba abrazando, pero, si eso era lo que ella necesitaba, Woodrow estaba dispuesto a seguir haciéndolo toda la noche.

Tenía la impresión de que aquella mujer no había recibido el cariño que necesitaba.

Permanecieron así, abrazados en silencio bajo el cielo estrellado, durante un buen rato, hasta que Woodrow comenzó a percibir que Elizabeth se tranquilizaba.

–Estás cansada –le dijo acariciándole el pelo–. Vamos dentro a dormir.

–No, por favor –contestó Elizabeth agarrándolo del brazo con fuerza–. Si me meto en la cama, voy a soñar.

Por cómo lo había dicho, Woodrow comprendió que se refería a que iba a tener pesadillas, así que la tomó en brazos y la condujo al porche trasero, donde la depositó sobre una hamaca que colgaba entre dos enormes árboles.

–¿Mejor? –le preguntó tumbándose a su lado y pasándole el brazo por los hombros.

–Mucho mejor –contestó Elizabeth.

Woodrow se puso el otro brazo bajo la cabeza y se quedó mirando al cielo entre las ramas de los árboles.

A lo lejos, se oían los cencerros de las vacas y, más cerca, el ulular de las lechuzas. Siempre le habían gustado los sonidos de la noche porque le daban paz.

–Se está muy bien aquí fuera –comentó Elizabeth.

–Sí, a mí me encanta.

Woodrow cerró los ojos, acunado por el vaivén de la hamaca.

—¿Woodrow?

—¿Sí?

Al sentir que Elizabeth jugueteaba nerviosa con uno de los botones de su camisa, se dio cuenta de que no sabía cómo decirle lo que tenía que decir.

—¿Qué te pasa?

—Ya sé que no es asunto mío —suspiró Elizabeth—, pero me estaba preguntando si has estado casado alguna vez.

—No —contestó Woodrow sorprendido por la pregunta—. ¿Por qué?

—No lo sé, me parece extraño porque eres amable, comprensivo y cariñoso y se me hace raro que ninguna mujer haya querido echarte el lazo.

Aquello hizo reír a Woodrow.

—Creo que te equivocas de hombre.

—No, de eso nada —insistió Elizabeth—. Eres así.

—Bueno, aunque lo creas, no vayas diciéndolo por ahí porque tengo fama de ser otras cosas.

—¿Qué cosas? —quiso saber Elizabeth.

—Tengo fama de ser el hombre más arisco y malo del condado.

—No estoy de acuerdo en absoluto.

Woodrow chasqueó la lengua y le acarició el pelo.

—¿Puedo hacerte yo ahora una pregunta?

Elizabeth asintió.

—¿Y tú has estado casada?

–No, pero he estado prometida –contestó Elizabeth mirando el cielo.

Woodrow frunció el ceño y recordó que Elizabeth le había contado que había habido un hombre en su vida que ya no estaba.

–¿Qué sucedió?

–Le devolví el anillo de pedida.

–¿Por alguna razón en especial?

–Porque no quería que viniese. Quería que me fuera de viaje con él a Europa tal y como teníamos planeado.

Eso quería decir que Elizabeth había roto su compromiso hacía pocos días. Woodrow se preguntó si todavía seguiría queriendo a aquel hombre.

No sabía por qué, pero necesitaba saberlo. La pregunta le quemaba la boca.

–¿Te arrepientes? –preguntó con cautela.

Elizabeth no contestó inmediatamente y Woodrow se preguntó si no se habría excedido.

–No, en absoluto –contestó Elizabeth por fin mirándolo fijamente a los ojos.

Woodrow se preguntó si le estaba queriendo decir algo, si detrás de aquella mirada se escondía un mensaje secreto.

Lo cierto era que a Woodrow nunca se le habían dado bien aquellas cosas. Él siempre decía lo que pensaba y esperaba que los demás hicieran lo mismo.

–Como me haya creído lo que no es, esto va a ser vergonzoso –anunció.

Sin embargo, en cuanto sus labios se tocaron, comprendió que no se había equivocado pues Elizabeth le pasó los brazos por el cuello y lo besó con fuerza.

Capítulo Cinco

Sin embargo, se erguía una briosa roja... con... este que... algo... tranquilo... pues. Elizabeth le perdonaría a su por el cuello y lo besó con las gafas.

Elizabeth se estremeció al sentir que Woodrow la colocaba encima de él y que la hamaca se tensaba bajo ellos.

—No te preocupes —le dijo Woodrow chasqueando la lengua—. No te vas a caer —añadió agarrándola de las nalgas.

—Si me caigo, te arrastro conmigo —le advirtió.

Woodrow la miró a los ojos, le quitó las gafas y la besó mientras las dejaba en el suelo.

—No se me ocurre otro sitio mejor en el que estar que contigo.

Elizabeth sintió que las lágrimas se le saltaban al mismo tiempo que el deseo se apoderaba de su cuerpo.

Nadie le había dicho nunca algo así. No era una declaración de amor sino... algo mucho mejor.

Woodrow deslizó las manos bajo la cinturilla de sus pantalones y la volvió a apretar contra él. Elizabeth lo deseaba desesperadamente, pero...

«No puedo», pensó sintiéndose culpable.

Woodrow había sido muy bueno con ella y

debía ser sincera con él. Cuando intentó besarla, le puso los dedos sobre los labios.

—Woodrow —le dijo tragando saliva—. Te tengo que decir una cosa.

Woodrow la miró expectante.

—Estás embarazada —aventuró.

Maggie lo miró con los ojos muy abiertos.

—¿No es eso? —dijo Woodrow enarcando una ceja.

—¡Por supuesto que no! —rió Elizabeth—. ¿Cómo se te ocurre algo así?

—No lo sé, te he visto tan seria que he creído que iba ser algo muy importante —contestó encogiéndose de hombros—. En cualquier caso, era preferible que estuvieras embarazada a otra cosa.

—¿Qué otra cosa?

—Que no quisieras estar conmigo.

Elizabeth sintió que se le derretía el corazón, lo agarró de la mano y se la llevó a la mejilla.

—No, no es eso, te lo aseguro. Me encanta estar contigo. Es que... —le dijo mordiéndose el labio inferior sin saber cómo explicarle sus sentimientos—. Woodrow, te estoy tomando mucho afecto. No sé si te das cuenta, pero estás llenando enormes vacíos que había en mi vida y que hacía mucho tiempo que nadie llenaba. Sin embargo, no quiero que ésa sea la razón de querer estar contigo porque eso sería egoísta por mi parte.

—Entonces, me he equivocado —dijo Woodrow sacando las manos de su pantalón.

–No, no te has equivocado –se apresuró a asegurarle Elizabeth–. Quiero hacer el amor contigo, lo que no quiero es utilizarte.

Woodrow sonrió y le tomó el rostro entre las manos.

–¿Por qué no me dejas decidir a mí cuándo quiero que me utilicen? –sonrió.

–¡Porque entonces sería demasiado tarde y el daño ya estaría hecho! –exclamó Elizabeth tapándose a continuación el rostro con las manos–. Si no estuviera hecha una pena emocionalmente, no estaríamos hablando de esto.

–Es normal que estés mal –la tranquilizó Woodrow apartándole las manos de la cara–. Estás pasando por una situación difícil –añadió besándole los nudillos–. ¿Y si dejáramos que las cosas fluyeran entre nosotros sin expectativas, sin compromisos y sin ataduras? ¿Qué me dices?

Elizabeth se quedó mirándolo un momento y a continuación le echó los brazos al cuello.

–Te diría que es una idea maravillosa.

–Se me ha ocurrido otra.

–¿Cuál?

–Vámonos dentro –contestó Woodrow acariciándole las costillas.

–Ésa es todavía mejor –sonrió Elizabeth estremeciéndose de placer.

Woodrow la tomó en brazos, se puso en pie y la llevó al interior de la cabaña. Al llegar a su dormitorio, la dejó sobre la cama y se tumbó a su lado.

–¿Estás cómoda? –le preguntó desabrochándole el primer botón de la blusa.

–Sí, gracias –contestó Elizabeth tragando saliva.

Para cuando llegó al último botón, Elizabeth no estaba cómoda en absoluto. Le temblaban las piernas y sentía que la piel le abrasaba y que el pulso se le había acelerado.

Con una reverencia que la dejó sin aliento, Woodrow extendió la mano sobre el sujetador de encaje que tapaba sus senos e inclinó la cabeza para depositar un beso en el sendero que los atravesaba.

–No se para qué lleváis estas cosas –se quejó desabrochándole el sujetador y suspirando aliviado al conseguirlo.

Ante él tenía dos preciosos pechos que acarició sin prisas con los dedos y con la lengua.

Elizabeth no podía respirar, no podía moverse. ¿Cómo era posible que un hombre fuera tan delicado? ¿Tan tierno? ¿Tan increíblemente sensual?

Un escalofrío la recorrió de pies a cabeza.

–¿Tienes frío? –sonrió Woodrow.

Elizabeth negó con la cabeza.

Sin dejar de acariciarle los pechos, la besó en la boca con la delicadeza de una abeja libando de una flor.

Sin embargo, cuando la miró a los ojos, aquella delicadeza había desaparecido para dar paso al más primitivo deseo.

Elizabeth sintió que se le secaba la boca y se

mojó los labios. Woodrow siguió atentamente el movimiento de su lengua, gimió y volvió a besarla.

Aquel beso desesperado la consumía y la poseía. Sus labios ardientes demandaban la misma respuesta y su lengua exploraba su boca apoderándose de su alma.

Estaba perdida.

Completamente perdida.

Y no le importaba.

Estaba encantada de entregarle su cuerpo y su mente porque nadie le había hecho jamás sentirse así.

—Woodrow —suplicó agarrándolo de la camisa.

Woodrow le puso un dedo sobre los labios.

—Ha sido culpa mía. Me he dejado llevar —se excusó.

—No, no —dijo Elizabeth negando con la cabeza.

Woodrow volvió a hacerla callar, en aquella ocasión con un beso tan tierno que a Elizabeth se le saltaron las lágrimas.

—Eres tan frágil y tan delicada que tengo miedo de hacerte daño —le dijo acariciándole el escote.

Antes de que a Elizabeth le diera tiempo de decirle que no era tan frágil y que lo deseaba tanto como él a ella, Woodrow deslizó los dedos bajo la cinturilla de sus pantalones y se los bajó un poco, dejándole el ombligo al descubierto.

A continuación, trazó la estela de sus dedos con la lengua y dejó los pantalones en el suelo.

Al sentir sus dedos en el abdomen, Elizabeth se estremeció de placer y, cuando Woodrow le separó las piernas y que se quedó mirando fijamente su sexo, se quedó sin aliento.

Elizabeth jamás había disfrutado tanto del atento escrutinio de un hombre, jamás había experimentado el erótico placer de un examen tan pormenorizado.

El sexo con Ted siempre había sido algo mecánico que se hacía a oscuras y bajo las sábanas, pero aquello... ¡aquello!

Sin dejar de mirarla, Woodrow se desabrochó la camisa y se la quitó. A continuación, se desabrochó el cinturón.

Elizabeth sintió que el corazón se le salía del pecho.

Para cuando Woodrow estuvo completamente desnudo y se arrodilló entre sus piernas, estaba excitada, loca de necesidad.

Woodrow introdujo los dedos en aquel líquido caliente fruto del placer que él había generado con sus caricias.

Al sentir sus dedos en el lugar exacto de su feminidad, Elizabeth arqueó la espalda de placer.

—Woodrow, por favor…

Woodrow se tumbó sobre ella y guió su sexo hacia el de Elizabeth.

—No te voy a hacer daño —le prometió.

Elizabeth se tensó al sentir su erección dentro de su cuerpo, pero se relajó inmediatamente y suspiró de placer.

Woodrow se introdujo más adentro y comenzó a moverse contra su pelvis en acompasadas embestidas.

Elizabeth le pasó los brazos por el cuello y se incorporó para seguir el mismo ritmo. La pasión se había apoderado de su mente y su cuerpo ansiaba la liberación final.

Cuando por fin llegó, sintió que la cabeza le daba vueltas y que el cuerpo se le desintegraba.

Sintió que Woodrow se tensaba y se dejaba ir y acogió con placer su cálida semilla en su interior.

A continuación, con la respiración entrecortada, se dejó caer sobre ella.

–¿Estás bien? –le preguntó transcurridos unos segundos.

–Nunca he estado mejor –contestó Elizabeth pasándole los brazos por el cuello.

Elizabeth se despertó lentamente y se estiró. Tenía el cuerpo dolorido después de haber estado toda la noche haciendo el amor, pero suspiró contenta.

Giró la cabeza esperando ver a Woodrow dormido a su lado, pero se encontró la cama vacía. Sonrió de todas maneras y acarició la hendidura que había dejado su cabeza sobre la almohada.

Se estremeció de manera deliciosa al recordarlo dentro de su cuerpo, al recordar sus caricias más íntimas y cómo la habían hecho sentirse.

De repente, la asaltaron las dudas.

¿Por qué se había ido sin despertarla? ¿Sería porque a él no le había parecido una noche tan especial como a ella?

«Para», se dijo a sí misma.

A continuación, se duchó y se vistió dispuesta a ir a buscar a Woodrow para ver si se había arrepentido de lo que había sucedido entre ellos.

De ser así, tendría que conformarse ya que habían acordado que entre ellos no había expectativas, compromisos ni ataduras.

Sí, sabía que tenía que respetar la promesa, pero cómo le gustaría que para Woodrow aquella noche hubiera significado algo importante.

Lo encontró en el granero, sentado con las piernas cruzadas junto a un montón de heno y dándole el biberón a un cabritillo.

Elizabeth sintió que se le derretía el corazón ante aquella escena tan tierna.

–¿Es huérfano? –preguntó.

Woodrow se giró hacia ella y sonrió con un cariño y una sensualidad que hicieron que a Elizabeth se le disiparan todas las dudas.

Woodrow le hizo un gesto para que se sentara a su lado.

–No –le contestó–. Tiene madre, es ésa de ahí, pero tiene demasiada leche y no le puede dar de mamar porque le duele.

–Pobrecito –dijo Elizabeth sentándose y acariciando al animal entre las orejas–. Seguro que esa leche en polvo no tiene nada que ver con la de verdad.

–Esta leche que le estoy dando es de su madre. La he ordeñado y luego la he metido en el biberón.

Elizabeth lo miró con curiosidad.

–¿Y vas a tener que hacerlo todos los días?

–Espero que no. Espero que dentro de unos días se le deshinchen las ubres a la madre y la cría pueda mamar tranquilamente.

En ese momento, el cabritillo, al ver que se había terminado el biberón, se quejó.

–Me parece que quiere más –rió Elizabeth.

Woodrow le entregó el biberón y se puso en pie.

–Eso está bien porque eso quiere decir que va a seguir intentando mamar –le explicó abriendo la puerta para que el cabritillo fuera junto a su madre.

Elizabeth se puso también en pie y se maravilló ante lo ágil que era la cría.

–¿Cuánto tiempo tiene?

–Dos días –contestó Woodrow–. Las cabras son diferentes al resto de los animales. En cuanto nacen, andan con normalidad. Mira, ven a ver esto –le dijo dirigiéndose a una gran puerta que había al fondo del granero.

Elizabeth lo siguió con curiosidad.

–Míralos, son como niños jugando en el recreo.

Elizabeth se quedó alucinada al ver a montones de cabritillos jugando y saltando sobre un árbol caído.

–Son geniales –murmuró–. ¿Has visto a ése? –rió señalando a uno–. El blanco con la cabeza marrón, el que acaba de saltar y ha dado una voltereta completa antes de aterrizar.

Al ver que Woodrow no contestaba, se giró hacia él y lo vio mirándola muy sonriente.

–¿Qué pasa?

–Me gusta que lleves el pelo suelto –contestó Woodrow apartándole un mechón de la cara–. Ese moño que te sueles hacer te da aspecto de mayor.

Eso era lo mismo que decirle que se estaba convirtiendo en una solterona, algo que le habían dicho varias veces y que la hacía sufrir.

–Me molesta para trabajar, por eso me lo recojo –contestó bajando la mirada para que no viera que le habían dolido sus palabras.

–Perdona, nunca se me han dado bien los cumplidos –se lamentó Woodrow levantándole el rostro–. Por si no te has dado cuenta, eso es lo que he intentado. ¿Sabes una cosa? Tienes mejor color esta mañana. Tienes las mejillas más sonrosadas y los ojos más azules.

–Madre mía –rió Elizabeth–. Anoche debía de estar espantosa.

Woodrow sonrió y le acarició la nuca.

–Estabas preciosa –le aseguró–. Eres preciosa –añadió.

Elizabeth sintió un escalofrío por la espalda al mirarlo a los ojos y ver sinceridad en ellos.

Ningún hombre le había dicho que fuera guapa y ella no creía serlo, pero, con su mirada, Woodrow la estaba haciendo sentirse la mujer más bonita del mundo.

Emocionada, se puso de puntillas y le dio un beso en los labios.

—Gracias, Woodrow.

—Si ésta es tu manera de responder a un cumplido, me parece que a partir de ahora voy a hacerte unos cuantos —sonrió Woodrow.

—Vaya, lo acabas de estropear todo —bromeó Elizabeth.

—¿Por qué?

—Porque ahora, cada vez que me digas algo bonito, no sabré si lo has dicho de verdad o solamente para que te bese.

—Te aseguro que lo diré de verdad porque yo sólo digo las cosas que siento —le aseguró—. En cuanto a querer que me beses... me parece que lo voy a querer durante toda mi vida —añadió besándola él.

Después de desayunar, Woodrow fregó los platos y Elizabeth los secó.

—¿Qué vamos a hacer hoy? —preguntó Woodrow.

Elizabeth dejó de secar los platos, como si estuviera considerando diferentes opciones.

—No sé cómo hacerlo, pero me gustaría averiguar por qué estaba mi hermana en Killeen.

–Creo que deberías hablar con Maggie, porque trabajaba con Renee y era su amiga.

Nada más oír aquel nombre, Elizabeth se puso a secar los platos de nuevo.

Woodrow se dio cuenta de que la última persona sobre la faz de la tierra de la que Elizabeth quería hablar era Maggie.

La verdad era que Maggie no había estado muy simpática con ella y, para colmo, había dicho delante de Elizabeth que era la madre de la niña, lo que debía de haber sido muy duro de asimilar.

–Se me ocurre que podrías hablar con la dueña del local donde trabajaba tu hermana –le sugirió.

Al instante, comprobó que Elizabeth se relajaba.

–Me parece una gran idea, Woodrow.

–Entonces, vamos. No perdamos el tiempo –le dijo quitando el tapón del fregadero y secándose las manos.

–No quiero tenerte de chófer de un lado para otro –contestó Elizabeth–. Llévame a la ciudad para que alquile un coche.

–De eso nada –contestó Woodrow–. Te llevo donde tú quieras.

Elizabeth se paró ante el Longhorn y se quedó mirando la destartalada fachada del edificio, sorprendida de que su hermana hubiera trabajado en un sitio así.

Si no hubiera sido de día y Woodrow no hubiera estado a su lado, a ella no se le habría ocurrido bajar del coche y entrar en un lugar de aquellas características.

–No está tan mal como parece –le dijo Woodrow leyéndole el pensamiento–. Estos sitios están mejor por las noches.

–Supongo que te pareceré una esnob –se lamentó Elizabeth.

–No, no eres una esnob en absoluto, pero lo cierto es que jamás pensaría en encontrar a una señorita como tú en un sitio como éste.

–Yo jamás hubiera pensado en encontrar a Renee aquí –suspiró Elizabeth–. No nos educaron así –explicó–. No es que fuéramos ricos, pero mi madre era muy estricta y no nos dejaba ni fumar ni beber ni decir palabrotas ni salir con chicos que lo hicieran –recordó–. Si mi madre se hubiera enterado de que su hija estaba viviendo así, se habría llevado un gran disgusto.

–Hay veces en la vida en las que no hay otra opción –le dijo Woodrow–. Por ejemplo, mira lo que le ha pasado a Maggie. Sé que no os habéis caído muy bien mutuamente, pero te voy a contar su historia. Ha tenido un par de reveses en la vida y se ha encontrado sin dinero, así que no le ha quedado más remedio que ponerse a trabajar aquí. Según ella, Dixie, la dueña del local, le dio la oportunidad de tener una nueva vida –le explicó agarrándola de la mano–. Lo que te estoy intentando decir es que el hecho de que tu hermana trabajara

90

aquí no quiere decir que fuera una mala persona. Tal vez, no tuvo más remedio.

Elizabeth se quedó mirándolo fijamente, se puso de puntillas y le dio un beso en los labios.

–Gracias, Woodrow. No sé qué haría sin ti.

Avergonzado, Woodrow se encogió de hombros.

–¿Entramos a hablar con la señorita Dixie? –propuso agarrándola de la cintura–. ¿Hay alguien en casa? –añadió quitándose el sombrero al entrar.

–Eso depende de quién lo pregunte –gruñó una mujer.

–Soy Woodrow Tanner –se presentó–. Si tiene tiempo, nos gustaría hablar con usted.

Una mujer ataviada con unos vaqueros ceñidos y una camiseta negra con el nombre del bar en la pechera apareció ante ellos.

Desde luego, parecía la dueña del local porque lo que le faltaba de estatura lo tenía de apostura.

Era pelirroja y llevaba el pelo recogido y un cigarrillo colgando de los labios. Con aquella apariencia, Woodrow no creía que ningún vaquero se atreviera a montar jaleo en su bar.

Se quedó mirándolos fijamente.

–Menos mal que no te has hecho pasar por otra persona, porque es imposible negar que eres un Tanner –le dijo con voz ronca.

–Me alegro de conocerla, señorita Dixie –dijo Woodrow estrechándole la mano–. Maggie me ha hablado mucho de usted.

–Será mejor que la cuidéis bien porque de lo contrario... –le advirtió.

–No se preocupe, Maggie es una Tanner ahora y nosotros sabemos defender lo nuestro.

–Para eso está la familia –asintió como si Woodrow acabara de pasar una prueba–. Usted no hace falta que me diga quién es. Es la hermana de Star –añadió mirando Elizabeth.

–Renee –la corrigió automáticamente–. ¿Cómo se ha dado cuenta de quién soy?

–Para empezar, porque sois exactamente iguales –continuó indicándoles que pasaran a su despacho y apagando el cigarrillo en un cenicero lleno de colillas–. Además, Maggie me ha dicho que estabas por aquí.

Woodrow se imaginó que Maggie le había contado a Dixie que temía que Elizabeth se fuera a llevar a Laura.

Una mujer débil habría bajado la mirada ante la dureza de los ojos de Dixie, pero, para su sorpresa y su orgullo, Elizabeth la aguantó con estoicismo.

–Le aseguro que no he venido para ocasionar mal a nadie.

–Entonces, ¿para qué ha venido? –le espetó Dixie.

–Para ver si usted me podía contar algo de mi hermana –contestó Elizabeth con aplomo.

–Era su hermana, así que supongo que sabrá usted más de ella que yo –contestó Dixie con acidez.

Elizabeth dejó caer la barbilla y tragó saliva, pero volvió a levantar la mirada con decisión.

—Renee, o Star como vosotros la llamáis, rompió los lazos con su familia hace mucho tiempo. La última vez que la vi fue hace cinco años, cuando vino a casa para el entierro de mi madre. Me gustaría poder decir que vino porque quería a nuestra madre o, al menos, por respeto, pero lo cierto fue que sólo vino a pedir su parte de la herencia —les explicó con la voz entrecortada.

A Woodrow le pareció que Dixie se relajaba.

—¿Y qué quiere saber? —preguntó sin embargo en tono cortante.

Elizabeth se encogió de hombros.

—Todo lo que pueda contarme. Dónde vivía, qué amigos tenía, cómo era su vida, por qué se vino a vivir aquí, cualquier cosa.

—Star no tenía amigos —contestó Dixie al cabo de un rato—. Sólo Maggie.

—¿Y hombres? Sé que tuvo una aventura con el padre de Woodrow.

—Ella y la mitad de la población femenina de este condado —murmuró Dixie—. Si eso la hace sentirse mejor, le diré que es el único hombre con el que Star ha estado, que yo sepa —le explicó—. Por lo visto, a las chicas les cuesta mucho no acercarse a los Tanner.

Elizabeth se sonrojó levemente, pero siguió con su interrogatorio.

—¿Y por qué se vino a vivir aquí?

—Por lo mismo que muchas mujeres —contestó Dixie chasqueando la lengua y encendiendo otro cigarrillo–. Siguió a un soldado de Ft. Hood hasta aquí. Me dijo que había quedado con él en Las Vegas porque él le había dicho que se fueran a vivir juntos. Para cuando llegó, el soldado se había esfumado y la había dejado colgada. No sé si lo que me contó tu hermana es verdad, pero no es la primera vez que oía esa historia.

Elizabeth se quedó pensativa.

–Si te estás preguntando por qué se lió con un hombre tan mayor como Buck Tanner, nunca me lo contó, pero yo tengo mis sospechas.

–¿Por dinero?

–Por eso también –contestó Dixie–. Tu hermana, sin querer ofender, era una cazafortunas.

–No me ofende, sé cómo era Renee –contestó Elizabeth.

Dixie asintió.

–Yo creo que es cierto que eligió al padre de los Tanner por su dinero, pero también creo que lo eligió precisamente porque estaba buscando un padre.

–Puede que tenga razón –contestó Elizabeth–. Nuestro padre murió cuando ella era un bebé.

–He visto muchas jovencitas como ella que se pasan unos cuantos años mariposeando con chicos jóvenes y terminan con un hombre mayor porque creen que les puede dar la seguridad y el amor que ansían –concluyó apagando el cigarro–. Madre mía, parezco una psicoanalista.

–No lo hace usted nada mal –dijo Elizabeth sinceramente–. Creo que va siendo hora de que nos vayamos –le dijo a Woodrow poniéndose en pie y estrechando la mano de Dixie–. Muchas gracias –le dijo–. No solamente por haberme atendido hoy sino por todo lo que hizo usted por Renee.

–No me tome usted por un ángel –contestó Dixie poniéndose en pie–. Una chica viene y me pide trabajo. Si lo tengo, se lo doy. Aquí se trabaja duro, pero lo que hacen en su tiempo libre no es asunto mío.

Elizabeth consiguió no sonreír al darse cuenta de que aquella mujer era todo corazón, pero no quería que los demás se dieran cuenta.

–Por cómo habla usted de ellas, me apuesto el cuello a que considera a esas chicas su familia.

–Cuando una no tiene familia, se la hace –contestó Dixie levantando el mentón–. La sangre no importa, sino lo que hay en el corazón –añadió llevándose la mano al pecho.

Capítulo Seis

Mientras Woodrow salía a ver al ganado, Elizabeth se quedó pensando en lo que Dixie le había contado sobre Renee.

Los hechos eran fáciles de entender, pero la explicación que le había dado de por qué su hermana había elegido a Buck Tanner como amante no lo era.

Entendía que hubiera mujeres jóvenes que buscaran hombres mayores, pero le costaba creer que en el caso de su hermana hubiera sido así, porque ella tenía apenas unos meses cuando su padre murió y Elizabeth estaba segura de que no conservaba ningún recuerdo de él.

Al darse cuenta de que su sobrina tampoco conocería jamás a su padre, dio un respingo. ¿Se repetiría la historia? ¿Seguiría Laura el mismo camino que su madre?

¿Se rebelaría contra todo y contra todos y terminaría sus días tan trágicamente como Renee?

«Basta ya», se dijo dejando caer la cabeza entre las manos.

No había razón alguna para pensar que la

ausencia de su padre afectaría a Laura de igual manera que a Renee.

En ella, por ejemplo no había tenido el mismo efecto, desde luego, y por eso estaba convencida de que había otros factores importantes que llevaban a la rebelión.

Por desgracia, en aquellos momentos, no se le ocurría ninguno.

Elizabeth se puso en pie y se dirigió a la cocina para poner la secadora. Lo cierto era que no tenía previsto estar tanto tiempo en Tanner's Crossing y se estaba quedando sin ropa.

Acababa de poner la máquina en marcha cuando oyó que se abría la puerta.

Woodrow.

Había vuelto.

Se negaba a examinar por qué su simple presencia la llenaba de alegría y de excitación. No quería psicoanalizar sus sentimientos, prefería sentir. Prefería saber que podía albergar un intenso afecto por aquel hombre, que podía demostrar sus sentimientos sin miedo al rechazo ni a la condena.

A diferencia de su hermana, ella no se había revelado en la juventud, no se había ido de casa y no había buscado a una figura paterna en sus relaciones con los hombres, pero eso no quería decir que no tuviera cierta carga emocional heredada de su infancia.

Elizabeth quería una familia, amor y seguridad, todo lo que había necesitado siendo pequeña, lo que había buscado en su relación con Ted y jamás había encontrado.

Lo había encontrado con Woodrow. En tres días, había experimentado y sentido más que durante los tres años que había estado con su ex novio.

¿Se estaría enamorando?

Elizabeth se puso la mano en el pecho al darse cuenta de lo que estaba sucediendo.

No, no podía ser.

¿O sí?

—¿Dónde estás, doctora? —gritó Woodrow.

—Ahora voy —contestó Elizabeth tomándose un momento para acicalarse antes de ir al salón.

Al llegar, se lo encontró sentado en el sofá quitándose los calcetines y sintió que se le derretía el corazón.

—Hola.

—Hola —sonrió Woodrow poniéndose en pie y desabrochándose la camisa—. ¿Te has aburrido sin mí?

Elizabeth negó con la cabeza porque no podía hablar ya que estaba mirándolo fijamente mientras Woodrow se quitaba la camisa.

¡Qué viril era!

Era tan hombre, tan masculino... Elizabeth se moría por tocarlo, quería deslizar las palmas de sus manos sobre su musculoso pecho y juguetear con el vello de su torso, quería acariciar sus fuertes brazos, sus muslos y sus nalgas.

Quería recorrer su cuerpo con la lengua

para descubrir las diferentes texturas y contornos.

Apretó los puños con fuerza, incapaz de creer que estuviera teniendo aquellos pensamientos, pues nunca había sido una mujer demasiado apasionada.

Pero ahora lo era.

—¿Estás bien? —preguntó Woodrow con preocupación.

—No —contestó Elizabeth sinceramente—, pero no pasa nada, lo estaré en breve —añadió yendo hacia él—. Te necesito, Woodrow.

Elizabeth vio la sorpresa en sus ojos y se dio cuenta del preciso instante en el que su cuerpo respondía al deseo que había percibido en el suyo.

Hasta entonces, habían hecho el amor con suma delicadeza, Woodrow la había tratado como si fuera una frágil obra de porcelana que se pudiera romper.

Sin embargo, no era delicadeza lo que Elizabeth quería en aquellos momentos sino sexo puro y duro.

Sin dejar de mirarlo a los ojos, le acarició el pecho dejando que sus dedos se perdieran entre el vello que lo cubría, y no se pudo resistir a lamerle los pezones.

Tras saborear la sal de su piel y sentir el salvaje latir de su corazón, le acarició la erección haciéndolo gemir.

—Si esto es un sueño, no me quiero despertar —murmuró Woodrow.

Animada por la necesidad que detectó en su voz, Elizabeth lo empujó levemente para que se dejara caer hacia atrás y Woodrow quedó tendido en el sofá con las piernas abiertas.

Sin dejar de acariciarle la entrepierna, Elizabeth lo besó en la boca, pero aquello no era suficiente, así que se deslizó hasta tener la boca sobre su miembro y lo oyó ahogar una exclamación de sorpresa que la hizo sentirse la mujer más poderosa del mundo.

Woodrow se deshizo rápidamente de los vaqueros y de los calzoncillos y Elizabeth pudo apoderarse por fin de lo que su boca tanto ansiaba.

Woodrow no podía soportar más. Si Elizabeth seguía haciéndole aquello, se iba a volver loco, así que la agarró y la obligó a subir hasta su boca.

Acto seguido, la desnudó y la colocó sobre él, encontrando rápidamente el centro de su feminidad y acariciándolo hasta hacerla gemir de placer.

Elizabeth lo miró con pasión y deseo, con la respiración entrecortada, y Woodrow deslizó su sexo en el interior de su cuerpo.

Sintió cómo sus paredes vaginales le daban la bienvenida, entrelazó sus dedos con los de Elizabeth y comenzó a moverse a un ritmo frenético.

—Déjate ir conmigo —le suplicó volviéndola a besar mientras las embestidas eran cada vez más seguidas y fuertes.

Sintió que Elizabeth se tensaba, la vio arquear la espalda y la oyó gritar su nombre. Entonces, con una última embestida, se dejó ir él también.

Dejó caer la cabeza hacia atrás en el sofá y tomó aire.

—¿Te has tomado algo mientras yo he estado fuera? —le preguntó.

—No —rió Elizabeth.

—Entonces, me parece que el aire puro del campo te ha sentado muy bien.

—¿Te ha gustado?

—Por supuesto que me ha gustado. Por mí, lo puedes repetir cuando quieras...

En ese momento, los interrumpió el timbre del teléfono.

—No voy a contestar —anunció Woodrow.

—¿Y si es importante? —contestó Elizabeth estirándose y pasándole el receptor.

—Más vale que lo sea —gruñó Woodrow antes de contestar—. ¿Ahora mismo? —añadió tras escuchar—. Está bien, ahora vamos —suspiró al colgar.

—¿Ha pasado algo? —quiso saber Elizabeth volviendo a dejar el aparato en su sitio.

—No, era Ace. Están todos mis hermanos en casa y quieren conocerte.

—¿Por qué me quieren conocer? —preguntó Elizabeth una vez en el coche.

—No te preocupes, no muerden —la tranquilizó Woodrow.

—No me preocupa que muerdan.

—¿Entonces?

—Me siento como si me hubieran llamado ante un consejo real o algo por el estilo, como si fueran a hacerme una prueba.

—Te aseguro que no es así —dijo Woodrow abrazándola—. Sólo quieren conocerte.

—Es muy fácil para ti decirlo porque no eres tú el animalillo al que van a estudiar.

—Parece que han venido todos —dijo Woodrow al ver unos cuantos coches—. Incluso Whit.

—¿Whit?

—Mi hermanastro —le explicó Woodrow aparcando junto al monovolumen de Ry—. ¿Lista? —añadió abriendo la puerta.

Elizabeth tragó saliva, asintió y abrió su puerta. Woodrow la esperó junto al vehículo, la agarró de la cintura y la condujo hasta el porche.

Antes de que les diera tiempo de llegar a la puerta principal, Ace salió a su encuentro.

—¡Ya han llegado! —anunció tomando a Elizabeth de ambas manos—. Tenías razón con lo de la rubeola. Me acaba de llamar Maggie...

—¿No está aquí? —exclamó Elizabeth presa del pánico al pensar en que era la única mujer entre tanto hombre.

—No, ha llevado a Laura al médico y me ha llamado hace un rato para decirme que está de acuerdo contigo. La niña tiene rubeola.

Aunque era ridículo puesto que había sido ella misma la que había sugerido que llevaran a Laura a su médico de cabecera para que les diera una segunda opinión, Elizabeth se sintió herida porque lo hubieran hecho.

—Me alegro —contestó sin embargo, obligándose a sonreír.

—Entra para que te presente a los demás —le dijo Ace llevándola de la mano.

Elizabeth se dejó arrastrar, pero la sorprendió que pasaran de largo ante el salón en el que había estado cuando había conocido a Ace y a Maggie.

En aquella ocasión, Ace la llevó a un estudio y Elizabeth se preguntó si aquello era algo más que una visita social.

Nada más entrar, se paró en seco y sintió como si en aquella habitación no hubiera aire. Los demás hermanos se habían puesto en pie para darle la bienvenida y estar rodeada por cinco hombres Tanner era suficiente para dejar sin aliento a cualquiera.

—Éste es el doctor Ryland Tanner —le presentó Ace tomando de los hombros al hermano que tenía más cerca.

Desde luego, se parecían un montón. Ambos tenían el pelo muy negro y los ojos azules, pero se veía claramente que Ry era más reservado e impaciente, lo que confería a su rostro una formidable expresión de inaccesibilidad.

—Encantado —le dijo estrechándole la mano—. Llámame Ry —añadió indicándole que no debía haber formalidades entre ellos.

—Elizabeth —se presentó ella.

–Y éste es Rory –continuó Ace con el siguiente hermano–. Es el pequeño y el más mimado –añadió con cariño.

–No te creas nada de lo que te dicen –sonrió el aludido estrechándole la mano–. Lo que pasa es que me tienen envidia porque soy el más guapo y el más simpático.

Desde luego, era muy guapo, igual que sus hermanos, pero él tenía una mirada más amable y divertida.

Elizabeth se sorprendió al ver que le tomaba la mano y se la besaba.

–No hagas tonterías, Rory –le advirtió Woodrow.

Rory miró a su hermano mayor y se apartó.

–No es justo que vosotros las conozcáis primero –murmuró.

Sorprendida por aquel comentario tan extraño, Elizabeth decidió que era mejor seguir con las presentaciones y no decir nada.

–Y éste es Whit –concluyó Ace.

Aunque el aludido era tan guapo como los demás, no se parecía a ellos en absoluto. Tenía el pelo castaño, los ojos color avellana y era tímido.

De hecho, cuando levantó la mirada para saludarla, se sonrojó como un niño.

–Hola, Whit, soy Elizabeth.

–Hola, encantado –le dijo jugueteando nervioso con su sombrero.

–¿Te quieres sentar? –le dijo Ace una vez terminadas las presentaciones.

Elizabeth miró a su alrededor y vio que había un sofá y varias butacas. Definitivamente, aquello no era una visita social.

Elizabeth eligió la butaca que tenía más cerca y se sentó. Woodrow se apresuró a sentarse a su lado, impidiendo que lo hiciera Rory, que ya se había lanzado y que no tuvo más remedio que sentarse en el sofá junto a Ry.

Whit se quedó de pie, un poco apartado.

Ace se apoyó en la mesa y sonrió.

—Supongo que te estarás preguntando por qué te he pedido que vinieras —le dijo.

—La verdad es que sí —admitió Elizabeth.

Ace tomó aire.

—Prefiero ir directamente al grano, así que te diré que es por Laura. Para ser más exactos, quiero hablar contigo sobre su futuro —añadió paseándose por la estancia mientras se pasaba los dedos por el pelo—. Cómo sabes, tu hermana dejó a la niña al cuidado de Maggie y le indicó que, si a ella le pasaba algo, tenía que entregarla a su padre, que era el nuestro. Como él murió a los pocos días de que muriera tu hermana, Maggie nos la trajo a nosotros —le explicó Ace—. Maggie y yo la queremos mucho y queremos adoptarla. Lo habríamos hecho ya si no fuera porque hay ciertos asuntos legales que hay que aclarar primero.

Elizabeth sintió que la sangre se le helaba en las venas.

—Lo que quieres saber es ir voy a luchar legalmente por la custodia de mi sobrina, ¿no?

Ace negó con la cabeza.

–No, espero que no tengamos que llegar nunca a eso porque todos los que estamos presentes en esta habitación podríamos reclamar la custodia de Laura –le explicó–. Todos mis hermanos han cedido sus derechos para que Maggie y yo la adoptemos y lo que quiero saber es si tú estás dispuesta a hacer lo mismo.

Elizabeth sintió que se le abría un agujero en el pecho que la abrasaba. No estaba preparada para aquello y no sabía qué contestar.

–Ella no tiene nada que decir.

Todos los presentes se giraron hacia la puerta. Allí estaba Maggie, pálida como la pared y apretando a Laura con fuerza contra su pecho.

–Por favor, Maggie –le dijo Ace con paciencia.

–¡No! –gritó entrando en la habitación–. Si Star hubiera querido que le entregara su hija a su hermana, me lo habría dicho, pero me dijo que se la entregara a Buck.

Elizabeth sintió una punzada de dolor tan fuerte que creyó que no iba a poder levantarse, pero lo consiguió aunque le temblaban las piernas.

–Me quiero ir –le dijo a Woodrow yendo hacia la puerta.

Woodrow miró a sus hermanos y a Maggie, suspiró, se puso en pie y la siguió.

Capítulo Siete

Woodrow había oído muchas veces la expresión «estar entre la espada y la pared», pero no la había entendido realmente hasta ahora.

Alguien iba a sufrir con el asunto del futuro de la niña y sabía que, perdiera quien perdiera la batalla, le iban a echar a él la culpa de la pérdida.

Se encontraba entre la lealtad a su familia y el cariño cada vez más fuerte que sentía por Elizabeth, a la que quería ayudar, pero no sabía cómo hacerlo.

–¿Quieres beber algo? –le preguntó al llegar a casa.

Elizabeth negó con la cabeza y se quedó mirando por la ventana.

–Sé que lo que te ha dicho Maggie te ha dolido, pero tienes que entender que tiene miedo y que no se da cuenta de lo que dice.

–Lo que ha dicho es cierto. Renee no quería que me entregara a su hija, no quería que yo la tuviera. Si lo hubiera querido, se lo habría dicho a Maggie –le dijo con lágrimas en los ojos–. Eso es lo que me duele, no las palabras de Maggie. Lo que me duele es que mi hermana me odiara tanto como para no querer que me hiciera cargo de su hija.

Woodrow sintió que se le rompía el corazón y la abrazó por detrás.

–No creo que Renee te odiara. Los hermanos tenemos diferencias constantemente, pero eso no es odio.

–No, te equivocas. Desde los doce años, mi hermana me dejó perfectamente claro que me odiaba, pero no sé por qué.

Woodrow la tomó en brazos, se sentó en el sofá y la colocó sobre él.

–Háblame de tu hermana –la animó para ver si así encontraba cierta paz.

Elizabeth tardó en hacerlo.

–Era una niña muy guapa –dijo por fin–. Tenía el pelo muy rubio y largo y unos ojos azules impresionantes. Todo el mundo la mimaba, los de casa y los de fuera. Renee tenía una habilidad especial para hacer con la gente lo que quería y conseguir siempre lo que se le antojaba. Nuestro padre murió cuando era muy pequeña y, como no teníamos dinero, mi madre se puso a trabajar. Una vecina cuidaba de Renee mientras yo iba al colegio, pero yo la cuidaba por las tardes y durante los veranos. Yo era muy pequeña y cuidar de mi hermana era como jugar a las muñecas. Tenía que darle de comer, bañarla y vestirla. Entonces, nos adorábamos. Con el tiempo, se acostumbró a que yo se lo hiciera todo y no quería que nadie más se acercara a ella. Ni siquiera mi madre. Si alguien intentaba hacerlo, se ponía furiosa y comenzaba a gritar hasta que yo iba».

A medida que se fue haciendo mayor, se fue haciendo también cada vez más exigente y absorbente. Nada de lo que hacía por ella era suficiente. Me di cuenta de que la había mimado en exceso e intenté mostrarme más firme con ella, más estricta –le explicó con tristeza–. Para entonces, ya era demasiado tarde. Se rebeló, se escapaba de casa, se vestía de manera ridícula. Yo entonces estaba en la universidad, pero seguía viviendo en casa. Mi madre no sabía qué hacer con ella. Yo intenté todo, por las buenas y por las malas, pero nada dio resultado. Al final, se fue –concluyó abrazándose a Woodrow con fuerza–. Fue espantoso no saber dónde estaba. Ni siquiera sabíamos si estaba viva. Al cabo de un mes, volvió a casa como si no hubiera pasado nada, como si tuviera todo el derecho del mundo a volver sin dar ningún tipo de explicación. Mi madre y yo estábamos tan contentas de que hubiera vuelto sana y salva que tampoco se la pedimos. Aquello fue un error –admitió–. Un tremendo error. Volvió escaparse. Se escapaba constantemente y cada vez estaba más tiempo fuera de casa. Cada vez que volvía, era más difícil tratar con ella. Le robaba dinero a mi madre vete tú a saber para qué. La última vez que se fue, yo ya había terminado la carrera y estaba viviendo sola. Mi madre estaba delicada de salud y Renee se aprovechaba de ello para pedirle cada vez más dinero. Al final, decidí hacerme cargo de los asuntos de mi madre y, así, la obligué a tener que pasar por mí cada vez que quería algo. Aquello no le gustó absolutamente nada y nos dejó muy claro que no nos quería volver a ver en la vida. Durante algunos años así fue. A mí sólo me llamaba cuando necesitaba dinero. A mi madre, jamás volvió a ir a verla y ni siquiera se molestó en llamarla. La última vez que yo la vi fue en el entierro de mi madre. Hubiera querido odiarla, no por lo que me había hecho a mí sino por lo mucho que le había hecho sufrir a mi madre, pero no pude –concluyó mirando a Woodrow a los ojos–. A pesar de todo, la seguía queriendo.

–¿Estás segura de que vas a estar bien sola?

–Sí, de verdad –contestó Elizabeth emocionada por la preocupación de Woodrow.

–Si quieres, puedes venir conmigo –le dijo acariciándole la mano–. No voy a tardar mucho, sólo voy a la ciudad a comprar algo de cena.

–Gracias, pero no me apetece –contestó Elizabeth–. Tengo que llamar a la consulta para ver qué tal va todo. No he hablado con ellos desde que he llegado aquí.

Woodrow suspiró resignado, se puso el sombrero y abrió la puerta.

–¿Seguro que vas a estar bien tú sola?

Elizabeth puso los ojos en blanco.

–Que sí. Por favor, vete.

–Si necesitas algo, llámame.

–¡Woodrow! –exclamó Elizabeth exasperada.

–Está bien, está bien –murmuró Woodrow cerrando la puerta.

Una vez a solas, Elizabeth fue a su habitación, donde había dejado el bolso y el teléfono móvil. Estaba escuchando los mensajes de su buzón de voz cuando oyó que llamaban a la puerta.

Colgó el teléfono y fue a abrir. Para su sorpresa, era Maggie. Le entraron unas tremendas ganas de cerrarle la puerta en las narices, pero ella no era así.

–¿Qué quieres? –le preguntó con frialdad.

–¿Está Woodrow en casa? –dijo Maggie.

–No, ha ido al pueblo a comprar la cena –contestó Elizabeth–. ¿Quieres que le diga algo de tu parte?

–No, la verdad es que he venido a verte a ti –contestó Maggie mirándola a los ojos.

Sorprendida, Elizabeth se dio cuenta de que Maggie tenía los ojos hinchados y enrojecidos. Obviamente, había estado llorando y aquello hizo que se le ablandara el corazón, pero no se atrevía a fiarse de ella.

–¿Para qué? –le preguntó.

Maggie bajo la mirada.

–No me he portado bien contigo –admitió–. Te pido perdón por eso y por lo que te he dicho antes.

–No, desde luego no te has portado bien conmigo –contestó Elizabeth–, pero tenías razón –suspiró–. No creo que mi hermana quisiera que yo me quedara con su hija.

–Yo adoro a Laura –sollozó Maggie–. No quiero perderla por nada del mundo.

La parte amable y protectora de Elizabeth quería asegurarle a aquella mujer que no tenía nada de lo que tener miedo, pero su parte racional le decía que no debía hacerlo porque, al fin y al cabo, todavía no había decidido lo que iba a hacer.

–Es obvio que la quieres –admitió–. Y te doy las gracias por lo que has hecho por ella.

–No se lo que pasó entre Star y tú porque no hablaba nunca de su familia, pero la conocía bien y sé que seguramente fue culpa suya.

Elizabeth sonrió con tristeza.

–Muchas gracias por tu comprensión, pero te aseguro que yo también cometí ciertos errores –le dijo–. Lo que más me duele es que haya muerto sin haber podido hacer las paces.

Maggie se limpió las lágrimas y señaló hacia su coche.

–Tengo cosas suyas, algunas cajas que Dixie y yo recogimos de su casa cuando murió. He creído que te gustaría tenerlas.

Elizabeth sintió una sensación entre miedo y curiosidad ante la posibilidad de rebuscar entre las pertenencias personales de su hermana y descubrir sus secretos.

–Sí, muchas gracias –contestó–. Te ayudo.

Lo cierto es que no había mucho y en un par de viajes lo tenían todo metido en casa.

–Bueno, pues yo me voy –anunció Maggie.

Sin saber muy bien por qué, Elizabeth la agarró de la mano.

–¿Te importaría quedarte mientras abro las cajas? Ya sé que soy una cobarde, pero mirar sus cosas... –admitió bajando la cabeza–. La verdad es que prefiero no hacerlo sola.

–Te entiendo perfectamente –contestó Maggie apretándole la mano–. Cuando Woodrow estaba intentando localizar a la familia de Star, me pidió que miráramos lo que había en las cajas y lo pasé fatal –recordó con un estremecimiento.

Agradecida por la compañía, Elizabeth se arrodilló en el suelo y Maggie la siguió.

–Me imagino que no habrá nada de valor –dijo nerviosa.

–No, Star... perdón, Renee no tenía nada de valor –contestó Maggie abriendo la primera caja–. Aquí hay ropa y zapatos, pero no creo que a ti te gusten.

Elizabeth se acercó a la caja y agarró una camiseta prácticamente inexistente. A continuación, se la puso sobre el pecho.

–Madre mía, no me puedo creer que Renee se pusiera estas cosas.

–Le encantaba vestirse así –contestó Maggie riéndose a continuación.

–¿Qué?

–Nada, pero es que esta ropa a ti no te va en absoluto.

–¿Por qué? ¿Porque parezco una solterona que no se atreve a ponerse nada atrevido?

Maggie se dio cuenta de que había herido sus sentimientos.

–No –se apresuró a contestar–. No lo digo por eso sino porque tú eres una mujer de clase y esta ropa es...

–¿Cutre? –dijo Maggie enarcando una ceja.

–Sí, un poco –contestó Maggie.

Elizabeth se quedó mirando la camiseta y negó con la cabeza.

–No, no podría –dijo en voz baja.

–¿A qué te refieres? –quiso saber Maggie.

–A nada –contestó Elizabeth doblando la camiseta a toda velocidad y metiéndola en la caja–. Es una fantasía absurda.

–¿Qué fantasía? –insistió Maggie con curiosidad.

–Es tan ridícula que me da vergüenza contártela. Bueno, lo cierto es que siempre me he preguntado qué se sentiría siendo una bailarina de striptease.

–No me lo puedo creer –dijo Maggie tapándose la boca.

Elizabeth se sonrojó de pies a cabeza.

–Ya te dicho que era ridículo. Nunca he tenido valor para desnudarme delante de un solo hombre, así que imagínate delante de muchos. Además, no tengo cuerpo para hacerlo.

–¿Cómo que no? –dijo Maggie poniéndose en pie y tomando a Elizabeth de la mano.

Acto seguido, le dio la camiseta y unos shorts escandalosos.

—Ponte esto —le dijo—. Yo voy a ver si encuentro la música apropiada.

—¿Estás loca? —contestó Elizabeth con los ojos como platos—. ¡No me voy a desnudar para ti!

Maggie puso los ojos en blanco.

—No hace falta que te desnudes, basta con que te sueltes el pelo y bailes. Venga, nadie se va a enterar —la animó curioseando entre dos discos de Woodrow—. ¿A qué esperas? ¡Haz realidad tu fantasía!

Tras dar de comer a los animales, Woodrow fue hacia la cabaña preocupado por cómo estaría Elizabeth.

No le hacía ninguna gracia haberla dejado sola, porque había tenido un día muy duro.

A medida que se iba acercando, se dio cuenta de que iba acelerando el paso y pensó que no era porque estuviera preocupado por ella sino porque la quería ver, porque la había echado de menos.

Se había acostumbrado a su presencia y eso, para un hombre que estaba acostumbrado a vivir solo y que disfrutaba de su soledad, era bastante extraño.

Lo cierto era que la iba echar mucho de menos cuando se hubiera ido.

¿Cómo?

¿Desde cuándo echaba él de menos la compañía de alguien? A él le gustaba estar solo y no quería ni amigos mi familia cerca.

De todas formas, ¿por qué se preocupaba tanto? Aunque él quisiera que Elizabeth se quedara, no sería así porque ella tenía su vida y su trabajo en Dallas y su vida no tenía nada que ver con lo que él quería.

Entonces, vio el coche de Maggie aparcado frente a su casa.

—Oh, no —se lamentó.

Temiendo encontrarse a Elizabeth en un mar de lágrimas o a las dos mujeres a gritos, entró corriendo en casa.

Lo que vio lo hizo quedarse helado en el sitio.

Elizabeth estaba subida en la mesa saltando y bailando al ritmo de una sugerente música. Llevaba el pelo suelto, estaba descalza y llevaba un conjunto dorado que apenas le cubría nada.

—¿Se puede saber qué estáis haciendo?

Al oírlo, Elizabeth dio un respingo y estuvo a punto de caerse de la mesa y Maggie, que estaba sentada, riendo y animando a Elizabeth, se puso en pie de un salto.

Ambas se quedaron mirándolo horrorizadas.

—¿Qué haces aquí? —dijo Maggie.

Woodrow cerró la puerta con el pie.

—Vivo aquí —contestó—. ¿Se puede saber qué estáis haciendo? —insistió.

Maggie se colocó frente a la mesa intentando tapar a Elizabeth.

—Bueno, le he traído a Elizabeth las cosas de Star y... nos las estamos probando para ver cómo nos queda —contestó nerviosa.

Woodrow frunció el ceño y se cruzó de brazos.

—¿Para qué? —le preguntó a Elizabeth—. ¿Vas a dejar la medicina y te vas a dedicar al desnudo?

—Puede que sí —contestó indignada por su tono de voz—. A Maggie le parece que tengo talento para hacerlo.

Aquello era tan ridículo que a Woodrow le entraron ganas de reírse, pero no lo hizo porque no pudo. La verdad era que la doctora estaba irresistible ataviada así.

Al darse cuenta del efecto que tenía sobre él, Elizabeth se acercó y le pasó la bufanda con la que había estado bailando por el cuello.

—¿A ti qué te parece? ¿Qué tal se me daría ser bailarina de striptease?

Maggie carraspeó como para recordarles su presencia, pero ni Elizabeth ni Woodrow le hicieron caso.

—Creo que será mejor que me vaya —murmuró entonces—. Hasta luego —les dijo desde la puerta.

Woodrow oyó que la puerta se abría y se cerraba, pero no se pudo mover.

—¿Qué te pasa? —bromeó Elizabeth—. ¿Te ha comido la lengua el gato?

Woodrow no contestó. La tomó en brazos y la llevó a la habitación.

—La única gata que hay en esta casa eres tú.

—Miau —bromeó Elizabeth pasándole las uñas por la cara.

Woodrow la dejó sobre la cama y se tumbó a su lado.

—No me has contestado. ¿Tú crees que se me daría bien ser bailarina de striptease?

—No lo sé —contestó Woodrow jugando con el cierre de su sujetador—. Ya veremos.

Dicho aquello, le quitó la camiseta dorada y le acarició los pechos haciéndola gemir de placer.

—Me parece que, según las normas, los clientes no deben tocar a las bailarinas —bromeó acariciándole el pelo.

—A mí nunca se me ha dado muy bien eso de respetar las normas —contestó Woodrow tumbándose sobre ella.

A la mañana siguiente, Elizabeth y Woodrow estaban plácidamente dormidos cuando un irritante pitido llegó hasta la habitación.

Woodrow consiguió ignorar el primero, pero el segundo lo hizo levantarse de la cama y acercarse a la ventana.

—¿Quién es? —preguntó Elizabeth desde la cama.

—Uno de mis hermanos —contestó Woodrow abriendo la ventana—. ¿Qué demonios quieres, Rory? —gritó a continuación.

–¿Todavía estás en la cama? Pero si son más de las siete –contestó Rory sorprendido.

–Voy a ver si me deshago de él –le dijo Woodrow a Elizabeth poniéndose unos vaqueros y dirigiéndose a la puerta.

Aunque no los veía, Elizabeth oía su conversación.

–¡Vaya, vaya, vaya! –se rió Rory–. Es obvio que vienes de estar con una mujer.

Elizabeth se apresuró a cerrar la ventana porque no quería oír nada más.

–Eso no es asunto tuyo –gruñó Woodrow.

–Desde luego, si hubiera sabido que para convencer a la doctora de que les cediera a Ace y a Maggie la custodia de la niña había que acostarse con ella, te aseguro que hubiera cancelado mi viaje y hubiera ido yo a Dallas a buscarla.

Elizabeth se quedó helada.

¿Por eso se habría acostado Woodrow con ella? ¿Formaría todo parte de un plan para convencerla de que no luchara por la custodia de su sobrina?

Diversas escenas que habían tenido lugar entre ellos desde que se habían conocido pasaron por su mente.

Woodrow en el aparcamiento de su consulta contándole que Ace y Maggie querían adoptar a Laura, Woodrow abrazándola mientras ella lloraba después de haber conocido a su sobrina, Woodrow preguntándole si había decidido qué iba hacer con Laura y Woodrow llevándola a la cama y haciendo el amor.

¿Tendría todo aquello alguna conexión?

Elizabeth terminó de bajar la ventana con manos temblorosas y se fue al baño, donde se metió en la ducha sin esperar a que el agua se calentara.

No hacía falta.

Ni siquiera notó el agua helada ya que el comentario de Rory le había helado la sangre.

Cuando salió del baño, Woodrow estaba sentado en el borde de la cama poniéndose las botas.

—Tengo que ir al rancho de mi padre a ayudar a mis hermanos con el ganado —anunció—. Anoche alguien se estrelló contra una de las vallas y varias reses se han escapado —le explicó abrochándose la camisa y los vaqueros.

—¿Cuánto vas a tardar? —preguntó Elizabeth intentando disimular su enfado y su dolor.

—Un par de horas —contestó Woodrow acercándose a ella y abrazándola—. ¿Quieres venir conmigo? Te podrías quedar con Maggie y con la niña mientras esté fuera.

Elizabeth tragó saliva e hizo un gran esfuerzo para no abrazarse a él con fuerza y pedirle que no se fuera.

—No —contestó—. Prefiero quedarme aquí.

—¿Seguro? A lo mejor estoy fuera más tiempo.

—Sí, seguro —contestó Elizabeth.

Woodrow se encogió de hombros, se despidió con un beso y fue hacia la puerta.

–Si cambias de opinión, llama a Maggie para que te venga a buscar. Tienes el número del rancho en la agenda que hay al lado del teléfono.

A Elizabeth le entraron unas enormes ganas de correr detrás de él y preguntarle si lo que había dicho Rory era cierto, pero el orgullo le impidió hacerlo.

Tras haber grabado en su memoria todos y cada uno de los detalles, sus hombros, sus zancadas y su sombrero de vaquero, se dijo que aquella vez era la última que vería a Woodrow Tanner.

Capítulo Ocho

Elizabeth se vistió e hizo la maleta.

Se iba.

No había motivo para seguir en aquella casa.

En cuanto había oído el comentario de Rory, había tenido las cosas claras.

Sin embargo, antes de poder irse tenía que terminar lo que había empezado yendo a Tanner's Crossing.

Tenía que decidir lo que iba a hacer con su sobrina.

Le costaba pensar porque, mirara donde mirara, veía a Woodrow.

Tumbado en el sofá, con los pies sobre la mesa acariciando a Blue y sonriendo, fregando el desayuno en la cocina, tumbado en la cama abrazándola después de haber hecho el amor.

Al borde de las lágrimas, salió al porche para ver si el aire fresco la ayudaba a pensar con claridad.

Comenzó a andar sin rumbo fijo y a pensar en Laura, la hija de Renee.

¿Qué debía hacer con ella?

El aspecto legal no le importaba. Lo importante era la felicidad de la niña. Tenía que hacer lo mejor para ella.

¿Y qué era lo mejor para su sobrina?

Se lo preguntó varias veces y no obtuvo una respuesta clara.

Al llegar al lago, se sentó en la hierba bajo un árbol cerca de donde Woodrow la había llevado a pescar y se abrazó las rodillas.

Tenía varias opciones.

La primera, la que su corazón quería seguir, era adoptar a la niña. La quería y podía permitirse económicamente tener una hija, pero tendría que contratar a una niñera para que se ocupara de ella mientras estuviera trabajando.

La idea de dejarla con una desconocida no le hacía ninguna gracia y le recordaba a su niñez, cuando su madre se había visto obligada a trabajar fuera de casa dejándolas a Renee y a ella solas.

La segunda opción era renunciar a sus derechos sobre la pequeña para que Ace y Maggie la adoptaran.

Al pensarlo, se le saltaron las lágrimas. ¿Dónde iba a encontrar el valor para hacerlo? ¿Cómo iba a darle la espalda a la única persona de su familia que tenía en el mundo?

Si lo hacía, cortaría el último vínculo que tenía con su hermana. Aquello fue demasiado y Elizabeth dejó caer la cabeza hacia delante presa de las lágrimas.

—¿Elizabeth?

Al oír su nombre, levantó la mirada y se encontró con Maggie, que estaba de pie frente a ella y la miraba con curiosidad.

Al ver que llevaba a Laura en una mochila, Elizabeth se secó las lágrimas y sonrió.

—Lo siento, no te había oído.

—¿Te pasa algo? —le preguntó Maggie sentándose a su lado y agarrándola de la mano.

—No —mintió Elizabeth—. Estoy bien.

—¿Has discutido con Woodrow? Es eso, ¿no? —se indignó Maggie—. Se va a enterar ese cuando lo vea.

Elizabeth se rió al imaginarse a la pelirroja peleándose con un hombre tan grande como Woodrow.

—No, no es eso —contestó.

—Entonces, ¿qué te pasa? Obviamente, no te encuentras bien.

Elizabeth le acarició la cabecita a Laura y sonrió.

—¿La puedo tener en brazos?

—Por supuesto, eres su tía —contestó Maggie.

«Su tía», pensó Elizabeth tomando a la pequeña en brazos.

—Es una preciosidad, un angelito —susurró.

—Sí, lo es —sonrió Maggie—, pero te aseguro que se pone como una fiera cuando hay que cambiarle el pañal o cuando tiene hambre.

Elizabeth chasqueó la lengua.

—De tal palo, tal astilla. Cuando Renee era pequeña, era exactamente igual. Mientras tuviera el pañal seco y la tripa llena, estaba fenomenal, pero, en cuanto no fuera así, se enteraba todo el barrio.

Aquello hizo reír a Maggie.

—Te entiendo. Laura tiene unos pulmones de una potencia increíble.

Elizabeth suspiró con el corazón lleno de recuerdos.

—No podía soportar oír llorar a mi hermana y recuerdo que hacía cualquier cosa para intentar que se calmara.

—Supongo que estabais muy unidas.

Elizabeth sintió que los ojos se le llenaban de lágrimas y asintió.

—Al principio sí, pero eso fue hace mucho tiempo.

Maggie le pasó el brazo por los hombros y la apretó contra sí.

—No sé qué pasó entre nosotras, pero Renee te quería. Lo sé. De no haber sido así, no le habría puesto tu nombre a su hija.

—¿Cómo? —preguntó Elizabeth sorprendida.

—¿No lo sabías? Laura se llama Laura Elizabeth por ti.

—No, no lo sabía —contestó Elizabeth.

—Eso demuestra que tu hermana te quería.

—Oh, Maggie, no te puedes imaginar lo mucho que significa para mí que mi hermana le pusiera mi nombre a su hija —suspiró Elizabeth apoyando la cabeza en el hombro de Maggie.

—Te lo hubiera dicho antes, pero creía que Woodrow te lo habría dicho.

–No, no me lo ha dicho –contestó tensándose al oír su nombre.

–Woodrow ha hecho algo, ¿verdad? Por eso estabas llorando.

Elizabeth negó con la cabeza.

–¿Por qué dices eso?

–Porque soy mujer –contestó Maggie–. Venga, Elizabeth, será mejor que me digas lo que te ha hecho porque no voy a dejar de insistir hasta que lo hagas.

–No puedo –contestó Elizabeth con lágrimas en los ojos–. La verdad es que no me ha hecho nada. Ha sido culpa mía por ser tan ingenua.

Maggie se cruzó de brazos y la miró atentamente.

–Te has acostado con él, ¿verdad?

–Sí, pero ha sido un error –contestó Elizabeth con las lágrimas cayéndole por las mejillas–. No habría sucedido si yo no hubiera sido tan débil.

–¿Te obligó? –gritó Maggie.

–No, no, en absoluto –contestó Elizabeth–. Yo participé de manera más que voluntaria.

–¿Entonces dónde está el problema? Dos adultos hacen el amor y ya está. ¿Por qué dices que ha sido un error?

–Porque no significa nada para él –contestó Elizabeth presa de la furia–. Ha sido todo un engaño para convencerme de que renunciara a mis derechos sobre Laura.

–No, eso no es así –le dijo Maggie–. Te equi-

126

vocas. Woodrow jamás haría algo así. Es cierto que Ace y yo queremos adoptar a tu sobrina y es cierto que le pedimos que fuera a Dallas a hablar contigo, pero el resto simplemente ha sucedido porque tenía que suceder. Woodrow jamás utilizaría a una mujer. Te aseguro que él no es así.

Elizabeth no quería seguir hablando de aquello.

Nada de lo que le dijera Maggie le iba a hacer cambiar de opinión después de haber oído el comentario de Rory.

De repente, tomó aire y vio claro lo que tenía que hacer con su sobrina.

—Me voy a casa —anunció—. ¿Me llevas al aeropuerto?

—No te vayas así —le dijo Maggie agarrándola de la mano—. Por favor, habla con Woodrow y deja que se explique.

—No —dijo Elizabeth poniéndose en pie—. Cuando comenzamos nuestra relación, estuve de acuerdo en no tener esperanzas ni ataduras ni compromisos. Entonces, creí que era lo mejor para que ninguno de nosotros sufriera pero... eso fue antes de darme cuenta de que estoy enamorada de él.

Elizabeth compró su billete en el aeropuerto de Killeen, facturó la maleta y se reunió con Maggie y con la niña en el vestíbulo en el que la habían esperado.

Al llegar, se obligó a sonreír con valentía.

–Mi vuelo sale dentro de tres cuartos de hora, así que creo que ha llegado el momento de despedirnos –le dijo mirando a la pequeña y acariciándole la mejilla–. Creía que decidir lo que debía hacer con Laura iba a ser muy difícil, pero, al final, no lo ha sido tanto –dijo mirando a Maggie los ojos–. Soy su tía y siempre lo seré. Ése es mi papel, pero Laura es tuya y de Ace, eso es lo que Renee quería y eso es lo que va a ser.

Maggie la miró aliviada y con los ojos llenos de lágrimas.

–Oh, Elizabeth, ¿estás segura?

–Sí, estoy segura –contestó Elizabeth poniéndole una mano en el hombro–. Mándame todos los documentos que sean necesarios y yo os los firmaré gustosa, pero te advierto una cosa: soy su tía y, como tal, pienso mimarla durante toda la vida –le advirtió en tono de broma.

Maggie se rió entre las lágrimas y abrazó a Elizabeth con fuerza.

–Puedes mimarla todo lo que quieras.

–¿La puedo tomar en brazos por última vez?

Maggie le entregó la niña a Elizabeth y se colocó a su lado.

–Ven a pasar el día de Acción de Gracias con nosotros –le dijo–. Y las Navidades también. Son fechas para estar en familia.

Familia.

Eso era lo que Elizabeth siempre había querido tener.

–Gracias, vendré –prometió emocionada–. Lleva a Laura de vez en cuando a Dallas y la llevaremos de compras y al zoo.

Maggie la miró a los ojos y la abrazó con fuerza.

–¿Sabes una cosa? Yo no tengo hermanas y, si estás dispuesta a dejar que adoptemos a Laura, ¿te podríamos adoptar a ti también?

Elizabeth sonrió entre las lágrimas, le apretó la mano y se la llevó al corazón.

–Por supuesto que sí –contestó.

Los hermanos Tanner entraron en casa precedidos por Ace.

–Qué bien huele –declaró éste.

–Limpiaos bien los pies antes de entrar –les espetó Maggie mientras removía el guiso.

Ace se volvió hacia sus hermanos y se encogió de hombros.

–Espero que hayas hecho suficiente comida porque venimos muertos de hambre –le dijo a su mujer acercándose a ella.

Y lo único que consiguió fue que Maggie le diera un codazo en las costillas.

–¿Qué te pasa? –le preguntó confuso.

–Hombres –contestó Maggie mirándolos a todos con desprecio.

Ace se volvió hacia sus hermanos, que se habían quedado en la puerta sin saber muy bien si entrar o no.

–¿Te importaría precisar un poco más?

–Hombres –repitió Maggie golpeando la encimera con la cuchara de madera.

–Evidentemente, estás enfadada, pero lo que no sé es si es con todo el género masculino o con algún hombre en concreto.

–¡Pregúntaselo a él! –exclamó Maggie señalando a Woodrow.

–¿A mí? –contestó Woodrow sorprendido–. ¿Y yo qué he hecho?

–Eso me gustaría saber a mí –contestó Maggie cruzándose de brazos–. ¿Por qué no nos lo cuentas?

Woodrow miró a sus hermanos y se encogió de hombros.

–No sé de qué me hablas –contestó.

–Podríamos empezar hablando de Elizabeth –le dijo Maggie yendo hacia él–. Por cierto –le dijo a su marido–, hay que mandarle los papeles porque ha decidido dejar que adoptemos a la niña.

–¿De verdad? –preguntó Ace emocionado.

–Sí –contestó Maggie volviendo a concentrar su furia en Woodrow–. ¿Qué le has hecho? Y no se te ocurra decir que no le has hecho nada porque la he visto llorar.

Woodrow sintió como si lo golpearan en el pecho con una barra de acero.

–¿Dónde está?

–Se ha ido y me gustaría saber qué le has hecho para que haya tomado esa decisión.

–Nada, te lo juro –contestó Woodrow–. Cuando me fui esta mañana, estaba bien. Está-

130

bamos en la cama cuando llegó Rory. Me contó lo de la valla y me fui con él –recordó–. Te aseguro que estaba bien.

–Oh, oh –dijo Rory.

–¿Qué? –dijo Woodrow girándose hacia su hermano.

–¿Estaba contigo en la cama cuando llegué esta mañana?

–Sí, ¿y qué? –gruñó Woodrow.

Rory dio un paso atrás y colocó a Ry entre Woodrow y él.

–Si no recuerdo mal, abriste la ventana cuando oíste el claxon del coche, ¿no?

–Sí.

–Y, luego, te pusiste los pantalones y saliste.

–Sí –volvió a contestar Woodrow–. ¿Quieres dejar de irte por las ramas?

Rory se pasó los dedos por el pelo.

–Bueno, creo que dije algo así como que, si hubiera sabido lo que había en juego, refiriéndome a ella, habría ido yo a Dallas –le recordó.

Woodrow dejó caer la cabeza hacia atrás al recordar aquel comentario y comprendió que, si Elizabeth lo había oído, se habría imaginado lo que no era.

–Te voy a matar, Rory.

–Yo no sabía que nos estaba oyendo –se defendió Rory corriendo hacia su furgoneta.

Woodrow fue tras él dispuesto a ponerle el otro ojo morado, pero Ace lo agarró del brazo y se lo impidió.

–No te metas en esto –le advirtió Woodrow.

—Pegar a Rory no va a arreglar nada y lo sabes —le dijo Ace—. Es con Elizabeth con la que tienes que hablar si quieres arreglar las cosas.

En un abrir y cerrar de ojos, el rostro de Woodrow se tornó de piedra.

—¿Por qué? Es ella la que se ha ido, no yo.

Elizabeth se refugió en el trabajo para no pensar en Woodrow ni en lo que había sucedido entre ellos.

Ninguno de sus compañeros de trabajo, ni las enfermeras ni los dos médicos con los que compartía consulta, sospechaba que hubiera ocurrido nada fuera de lo normal durante la semana que había estado fuera.

Eso era porque a Elizabeth se le daba muy bien ocultar sus sentimientos. Llevaba haciéndolo muchos años y podía darle las gracias a su ex novio por haberla ayudado a pulir aquel talento.

Aunque había conseguido llenar los días con el trabajo, las noches eran para la reflexión y... el recuerdo.

El insomnio había vuelto y, al no poder dormir, tenía unas terribles ojeras. Los pocos ratos en los que dormía, soñaba siempre con Woodrow, con lo que había habido entre ellos y lo que podría haber habido.

Además, había adelgazado y, en conjunto, tenía una apariencia enfermiza.

Estaba furiosa consigo misma por haberle

dado el poder a Woodrow de hacerla sufrir y avergonzada por cómo se había equivocado con él.

Había creído que era un hombre tierno y cariñoso cuando, en realidad, lo único que buscaba era que renunciara a sus derechos sobre su sobrina.

Al sentir que se le saltaban las lágrimas, agarró el historial de un paciente e intentó concentrarse en los resultados de los últimos análisis de sangre que le habían hecho, pero sólo consiguió ver el rostro de Woodrow.

«Oh, Woodrow, ¿por qué me he enamorado de ti?, se preguntó entre lágrimas.

Woodrow estaba sentado en los escalones del porche de su casa haciendo virutas. Blue estaba tumbada a su lado y lo observaba.

Todo el mundo, incluso su perra, sabía que, cuando se ponía a hacer virutas con la navaja, era que estaba mal.

Aquella actividad lo serenaba, pero, en aquella ocasión, tenía la sensación de que iba a necesitar el bosque entero para calmar su dolor.

Elizabeth se había ido.

Lo sabía, tendría que haberlo previsto desde el principio porque todas las personas a las que había querido en su vida se habían ido.

Empezando por su madre y por la mujer de su padre, Momma Lee. Claro que no siempre había sido la muerte la que le había arrebatado a sus seres queridos.

Ace no había muerto, pero también lo había abandonado.

Su hermano mayor se había encargado de todo después de la muerte de su madre porque su padre no se ocupaba de ellos ya que prefería perseguir mujeres.

Había sido Ace quien había ido a su habitación innumerables noches cuando se había despertado llorando por la pérdida de su madre, Ace había ido a sus partidos de fútbol y Ace lo había sacado de la comisaría cuando, tras emborracharse, había liado una buena en el bar.

Pero Ace se había ido para ganarse la vida como fotógrafo y, aunque Woodrow sabía que lo había hecho porque su padre lo había medio echado de casa, le dolió de todas maneras.

Entonces había sido cuando Buck Tanner había llevado a Momma Lee a casa y se la había presentado como su esposa a pesar de que todo el mundo en Tanner's Crossing, incluidos ellos, sabían que aquello era más un contrato de conveniencia que una unión por amor.

Lo cierto era que el patriarca de los Tanner necesitaba a alguien que se ocupara de sus hijos y Momma Lee necesitaba un apellido para su hijo Whit.

Desde luego, ella se había ocupado de los niños con esmero y cariño y había llegado a quererlos de verdad.

Woodrow había aprendido a quererla también, pero una noche un conductor borracho le arrebató a su segunda madre saltándose un semáforo y matándola en el acto.

Poco después de aquello, Woodrow compró su rancho y se dedicó en cuerpo y alma a él, decidido a no tener contacto con la gente para no sufrir.

Era la vida que había elegido y le había ido bien hasta que había aparecido Elizabeth.

Mientras seguía afilando palitos con la navaja, oyó el motor de un coche que se acercaba.

Era Ace.

Woodrow pensó en meterse en casa y cerrar con llave, pero no lo hizo porque sabía que no le serviría de nada.

—He venido para ver si seguías vivo —dijo su hermano bajándose del vehículo.

—Como si te interesara —contestó Woodrow—. Llevábamos más de un año sin vernos.

—Que no nos viéramos, no quiere decir que no me preocupara por ti —le aseguró Ace.

Woodrow sonrió diciéndose que probablemente era verdad.

—¿Qué haces por aquí? ¿Buscando canguro para poder salir esta noche con Maggie?

—Si te crees que mi mujer iba a dejar a Laura con un salvaje como tú, estás más loco de lo que yo creía —bromeó sentándose a su lado—.

Woodrow se encogió de hombros.

—Podría ser peor. Podría tratarse de Rory.

–¿Piensas estar enfadado con él el resto de tu vida?

–No, supongo que lo perdonaré dentro de cien años o así.

–Desde luego, no habéis cambiado nada. Sois adultos, pero seguís peleándoos como cuando erais pequeños.

–Rory es un bocazas y es él quien me tiene que pedir perdón.

–Me lo temía.

Al oír la voz de Rory, Woodrow levantó la cabeza y vio que lo tenía ante sí.

–Yo en tu lugar, me volvería a subir en la furgoneta –le advirtió.

Rory, sin embargo, avanzó hacia el porche con una gran sonrisa.

–Venga, Woodrow, no me desafíes –le dijo alzando los puños en broma–. Si te sientes mejor, podemos organizar un combate.

–No merece la pena luchar por ella –contestó Woodrow con amargura.

–Entonces, ¿por qué estás así? Sigues pensando en ella, ¿verdad?

–No –mintió Woodrow.

–Ah, entonces será que vas a hacer un gran fuego –se burló su hermano señalando el montón de cortezas que Woodrow tenía a sus pies.

–Muy gracioso.

–Te voy a contar una cosa todavía más graciosa –dijo Rory mirándolo a los ojos–. A Elizabeth le pasa lo mismo que a ti. Cuando está disgustada, necesita hacer algo con las manos, pero ella hace punto.

–¿Y tú qué sabrás?

Rory se encogió de hombros.

–Hace dos semanas que se fue y ya ha mandado tres chaquetitas y una manta para Laura.

Woodrow miró a Ace.

–Es verdad –confirmó su hermano mayor.

–Será que le gustan las labores –dijo Woodrow limpiando la navaja–. Eso no quiere decir nada.

–Quiere decir que no está feliz –insistió Rory–. Probablemente, lo esté pasando tan mal como tú.

–Yo no lo estoy pasando mal.

Rory ahogó una carcajada.

–No, tú lo estás pasando estupendamente. No hay más que verte.

–Fue ella la que se fue –les recordó Woodrow a sus hermanos poniéndose en pie–. Si está pasándolo mal, es culpa suya, no mía.

–¿Has oído al muy idiota? –le dijo Rory a Ace–. Va a dejar escapar a una mujer como Elizabeth única y exclusivamente por orgullo, por no querer dar el primer paso.

–Te acabo de decir que fue ella la que se marchó –insistió Woodrow.

–¿Por qué no te pones en su lugar? –sugirió Rory–. Según lo que nos ha contado Maggie, la vida de la doctora no ha sido precisamente fácil. Se ha pasado buena parte de su vida cuidando de su hermana Renee, que era una bala perdida, y no ha tenido mucho tiempo para alternar ni mucha experiencia con los hombres. Cualquier otra mujer que hubiera oído mi comentario de aquella mañana se habría dado cuenta de que sólo estaba bromeando. Los hombres bromeamos continuamente con el sexo.

—Yo no.

—¿Lo ves? —gritó Rory señalando a Woodrow—. Eso demuestra que tengo razón. Estás loco por ella. Si no lo estuvieras, no me habrías puesto el ojo morado aquella mañana por decir lo que dije. Tienes que mirar este asunto desde la perspectiva de Elizabeth. Para ella, la has utilizado. Imagínate cómo se debe de sentir.

Woodrow se giró hacia Ace.

—Si lo has traído para que arregláramos las cosas entre nosotros, será mejor que os vayáis los dos. No tengo nada más que decirnos.

—La verdad es que he venido para otra cosa —contestó Ace sacándose unos papeles del bolsillo.

Woodrow los leyó por encima y miró a su hermano con el ceño fruncido.

—Son los papeles de la custodia, ¿no? En cuanto Elizabeth los firme, la niña es vuestra.

Ace asintió.

Woodrow le devolvió los documentos y le estrechó la mano.

—Enhorabuena, vas a ser un padre estupendo.

—Gracias, hermano, significa mucho para mí que me digas esto —contestó Ace tomando aire—. Escucha, hay una cosa más. A Maggie y a mí nos gustaría que le llevaras tú los papeles en persona a Elizabeth, estuvieras delante cuando los firmara y que nos los trajeras cuanto antes —le pidió—. Ya sabes cómo son las mujeres. Maggie tiene miedo de que, si Elizabeth tiene demasiado tiempo para pensárselo, cambie de opinión.

Woodrow enarcó una ceja al darse cuenta del plan de su hermano y de su cuñada.

—Sí, ya, claro.

En ese momento, Rory tomó los papeles de la mano de Ace.

—Ya te dije que era un cobarde y que no iba a querer ir —dijo—. Está bien. Iré yo.

—¡De eso nada! —exclamó Woodrow arrebatándole los documentos al imaginarse al ligón de su hermano pequeño cerca de Elizabeth.

Capítulo Nueve

Woodrow llegó a Dallas antes de medianoche, pero incluso a aquella ahora había atasco. Preguntándose cuándo demonios dormiría aquella gente, tomó la salida que lo llevaba a casa de Elizabeth.

Durante las tres horas de trayecto, había tenido mucho tiempo para pensar y había pensado sobre todo en lo que le había dicho Rory.

Aunque le costaba admitir que su hermano pequeño tuviera razón, Woodrow tuvo que reconocerse a sí mismo que lo más probable era que Rory conociera a Elizabeth mejor que él.

Era cierto que Elizabeth era muy ingenua con muchas cosas, sobre todo con los hombres y era obvio que oír el comentario de Rory le habría hecho daño porque era una mujer muy sensible.

Woodrow empezó a darse cuenta de que, obviamente, Elizabeth había creído que la había utilizado para convencerla de que renunciara a sus derechos de custodia sobre Laura a favor de Maggie y Ace.

Si lo hubiera conocido un poco más, habría sabido que eso era imposible porque Woodrow jamás mentía ni engañaba a nadie.

Era incapaz.

Lo ponía de mal humor que Elizabeth pudiera haber creído una cosa así de él.

Paró frente a un semáforo que estaba en rojo e intentó liberarse de la tensión que se le había acumulado en los hombros haciéndolos girar varias veces hacia atrás, pero fue inútil.

Tenía los hombros y el cuello agarrotados.

¡Cuánto odiaba las ciudades!

Y Elizabeth había elegido una ciudad para vivir. Aquello hizo que se volviera a tensar porque, aunque estuviera enfadado con ella, se había dado cuenta de que no podía vivir sin ella.

¿Sería capaz de vivir en Dallas?

Se estremeció al pensarlo y tamborileó nervioso sobre el volante esperando a que el semáforo se pusiera verde.

Al mirar por el espejo retrovisor, se quedó helado.

En el coche de atrás había un montón de chicos que no debían de tener más de dieciséis años. El conductor estaba aporreando el volante como si fuera un tambor al ritmo de una canción de rap que atronaba desde los altavoces.

Llevaba el pelo teñido de naranja y la nariz, la ceja y el labio inferior llenos de pendientes.

Para colmo, Woodrow vio que se estaban pasando algo que todos fumaban y sospechó que no era precisamente un cigarrillo.

–Madre mía –murmuró–. Vuestras madres

deben de estar haciéndose cruces por haberos traído al mundo.

Entonces, recordó cuando él tenía aquella edad, la edad de la rebeldía. Si no hubiera sido por Ace, probablemente habría terminado como los chicos de aquel coche.

Un pitido lo sacó de sus cavilaciones, miró hacia él semáforo y comprobó que se había puesto en verde.

—¿Qué pasa, paleto? —le dijo el chico del coche de atrás—. ¿Estás ciego o qué?

Woodrow miró por el retrovisor y vio que el chico lo saludaba con el dedo corazón en alto.

Aquello fue más de lo que pudo soportar. Tras apagar el motor, se bajó y se colocó junto a la puerta del otro vehículo en cuatro zancadas.

—Tienes cinco dedos en la mano y, si no quieres quedarte sin los otros cuatro, será mejor que tengas mucho cuidadito con el del centro —le advirtió.

El chico miró a su acompañante y se rió.

—¿Me vas a pegar, vaquero? —lo desafió.

—Pareces muy valiente —contestó Woodrow—. Sal del coche a ver si lo eres de verdad.

El chico miró a los acompañantes que iban en el asiento de atrás y abrió la puerta de una patada, estrellándola contra las rodillas de Woodrow.

Pillado por sorpresa, Woodrow ahogó un grito de dolor y, en un abrir y cerrar de ojos, estaba en el suelo recibiendo patadas y golpes de toda la pandilla.

Sintió un puñetazo en el ojo y otro en el estómago, una patada en las costillas y un tirón de pelo hacia atrás.

Como a cámara lenta, vio una navaja que iba hacia él.

Sabía cómo era la muerte, a qué sabía, pero no estaba dispuesto a morir ahora que había comenzado a vivir, ahora que la mujer a la que amaba estaba a tan sólo tres manzanas de allí.

Sobre todo, tenía que decirle que la quería.

Movió la cabeza hacia la izquierda y la navaja le pasó rozando el cuello. Entonces, se levantó con un rugido y se quitó al chico que lo tenía sujeto por detrás.

A continuación, abrió los brazos y empujó a los otros tres contra el coche. Tomó aire y se giró, preparándose para vérselas con el resto de la banda.

Pero lo que vio fue el cañón del revólver de un agente de policía.

–Ponga las manos sobre la cabeza –le dijo el agente.

Woodrow levantó las manos y entrelazó los dedos sobre la cabeza.

–Se lo puedo explicar –le dijo.

–Ya lo explicará usted todo en la comisaría –contestó el policía–. Andando.

Dos horas después, Woodrow había conseguido convencer al agente de que no era un psicópata que hubiera sufrido un ataque de violencia al volante.

Por supuesto, el hecho de que encontraran marihuana en el coche de los chicos ayudó bastante.

Además, se trataba de una banda que llevaba varios meses aterrorizando al barrio.

Así fue como Woodrow consiguió salir de la comisaría a las dos de la madrugada con el cuerpo magullado y exhausto.

Al llegar a casa de Elizabeth, llamó al timbre y esperó.

A los pocos minutos, se encendió la luz del porche.

—¿Quién es?

Al detectar el miedo de su voz, Woodrow sonrió y se la imaginó al otro lado de la puerta con una sartén en la mano para defenderse.

—Soy yo, Woodrow —contestó.

La luz se apagó y Woodrow creyó que la puerta se iba a abrir, pero no fue así.

—¿Elizabeth? ¿No me vas a dejar entrar?

—No, vete o llamo a la policía.

Woodrow gimió al comprender que no escaparía una segunda vez de la policía con tanta facilidad como lo había hecho la primera.

—Venga, Elizabeth —suplicó apoyando la mano en la puerta—. Sólo quiero hablar contigo.

—Yo no tengo nada que decirte ni quiero escucharte, así que, por favor, vete.

Woodrow dejó caer la cabeza sobre la mano

y comprendió que era culpa suya que no lo quisiera ver.

Rory había sembrado la sospecha en su mente con aquel comentario, pero él había dejado que creciera al no ir a buscarla inmediatamente para explicarle la verdad.

Convencido de que no merecía su perdón, se enderezó con un suspiro y se chupó la sangre que le caía del labio.

–Está bien, me voy –le dijo–, pero ¿te importaría darme una tirita?

Al ver que Elizabeth no contestaba, Woodrow creyó que ni siquiera le iba a dar la tirita, así que se giró para irse, pero se paró en seco cuando oyó la puerta.

Al girarse, vio a Elizabeth en bata y pijama.

–¿Para qué quieres una tirita?

Woodrow se llevó los dedos a los labios.

–Para cortarme la hemorragia.

–¿Estás sangrando? –exclamó Elizabeth yendo hacia él, pero controlándose a tiempo–. ¿Qué te ha pasado?

A Woodrow le dio vergüenza admitir que un par de mocosos le hubieran pegado, así que prefirió una contestación ambigua.

–Digamos que he tenido problemas viniendo para acá.

Elizabeth dio un paso hacia él y le examinó más de cerca.

–Madre mía, Woodrow, estás sangrando.

–Ya lo sé –contestó Woodrow–. Por eso te he pedido una tirita.

Elizabeth tragó saliva, lo tomó de la mano y lo condujo al interior de su casa.

—¿Quieres ver a un médico? —le preguntó preocupada mientras lo llevaba a la cocina.

Woodrow se dejó caer en una silla y sonrió.

—No sé si estaré soñando, pero creo que tengo a uno delante.

—Voy a por el botiquín de primeros auxilios —dijo Elizabeth soltándole la mano.

Woodrow la observó mientras salía de la cocina, echó la cabeza hacia atrás y cerró los ojos con un suspiro.

Aquello no iba ser fácil porque era obvio que Elizabeth quería seguir estando enfadada con él.

—Esto te va a escocer.

Woodrow abrió los ojos y vio que Elizabeth se inclinaba sobre él con una torunda de algodón impregnada en algo.

—¿Qué me das si no lloro? —bromeó Woodrow intentando arrancarle una sonrisa.

—Nada, porque tengo los chupachups en la consulta —contestó Elizabeth muy seria.

—¡Eso quema! —se quejó Woodrow.

—Es mejor eso a que se te infecte —contestó Elizabeth.

—La he oído a Maggie decir lo mismo —dijo Woodrow—. ¿Os enseñan esas frases en la facultad de medicina?

Elizabeth impregnó una torunda limpia en crema y fue hacia él de nuevo.

—No, a mí me lo decía mi madre —contestó—.

¿Listo? –le preguntó dispuesta a volverle a limpiar la herida.

–Ya me has echado de eso una vez –contestó Woodrow echando la cabeza hacia atrás–. ¿No es suficiente?

–Te aseguro que, si hubiera sido suficiente, no insistiría en volvértelo a poner.

–Date prisa –le pidió Woodrow–. No me gusta sufrir.

–A mí, tampoco –murmuró Elizabeth mientras le volvía a limpiar la herida.

Al detectar la amargura con la que lo había dicho, Woodrow la tomó de la muñeca y la miró a los ojos.

–Sé que lo que oíste decir a Rory te dolió –le dijo–. Por eso quiero que sepas que no era cierto. Lo que sucedió entre tú y yo... simplemente sucedió. No formaba parte de ningún plan para convencerte de que entregaras a la niña.

Elizabeth se quedó mirándolo a los ojos durante un rato, como si buscara algo en ellos. Fuera lo que fuese, no debió de encontrarlo porque se apartó y se alejó.

–Tienes tiritas en la caja –le dijo con frialdad–. Cierra bien la puerta cuando te vayas.

Había llegado prácticamente al pasillo cuando Woodrow consiguió reaccionar, levantarse, ir hacia ella y agarrarla del brazo.

–Espera, por favor –le suplicó girándola hacia él y tomándole el rostro entre las manos–.

Elizabeth, debes creerme. Jamás haría nada que te hiciera daño. Te lo juro.

Elizabeth echó la cabeza hacia delante y las lágrimas se deslizaron por sus mejillas entrelazándose con los dedos de Woodrow y quemándole la piel como si fuera ácido sulfúrico.

—Por favor, vete —le dijo—. Ya he hecho bastante el idiota.

—¿Idiota? —repitió Woodrow negando con la cabeza—. De eso nada, Elizabeth. Eres muchas cosas, pero te aseguro que no eres idiota.

—¿Cómo que no? —gritó Elizabeth apartándose de él con los ojos arrasados por las lágrimas—. Soy una idiota —insistió—. Comencé nuestra relación convencida de aquello que habíamos hablado de que entre nosotros no había expectativas, ataduras ni compromisos —le recordó apretando los puños—. Pero me enamoré de ti. Sabiendo que hacer el amor conmigo no significaba nada para ti, fui lo suficientemente idiota como para enamorarme de ti.

—Me parece que aquí el único idiota soy yo —contestó Woodrow sacudiendo la cabeza—. ¿Has dicho que estás enamorada de mí? —añadió mirándola con curiosidad.

—Sí —contestó Maggie entre sollozos—. ¿Te importaría irte ahora?

Woodrow negó con la cabeza y fue hacia ella.

—Lo siento mucho, pero no puedo irme.

Elizabeth levantó las manos como para indicarle que no se acercara más.

–Woodrow, por favor.

Woodrow aprovechó para tomarle las manos y apretárselas.

–Tenemos un problema –anunció.

Elizabeth levantó el mentón.

–Yo soy la única que tiene un problema y ya veré cómo me las apaño.

–No, el problema es de los dos –la corrigió Woodrow–. Yo también estoy enamorado de ti, así que el problema es compartido.

–Woodrow, yo... –dijo Elizabeth interrumpiéndose y mirándolo con los ojos muy abiertos–. ¿Qué has dicho? –murmuró.

–¿Que me he enamorado de ti?

–Sí, eso –contestó Maggie mirándolo a los ojos.

Woodrow sonrió.

–Yo también me enamoré de ti –repitió con alegría–. No sé exactamente cuándo, pero ocurrió.

Elizabeth entrelazó sus dedos con los de Woodrow y sonrió también.

–Oh, Woodrow, eso no es un problema.

Woodrow suspiró y la condujo a la silla.

–Me temo que sí lo es –dijo sentándose y sentándola a ella en su regazo–. Lo cierto es que yo odio las ciudades y tú vives en una –le explicó agarrándola de la cintura–. A mí no me apetece nada llevar una relación a distancia porque mi profesora de lengua me enseñó en quinto curso que eso es un gran oxímoron.

Elizabeth lo escuchaba con el corazón en un puño.

–¿Entonces qué sugieres que hagamos para solucionar el problema?

–¿Qué te parecería a ti trasladar la consulta a Tanner's Crossing? –propuso Woodrow esperanzado–. Sólo hay un pediatra y da la casualidad de que es amigo de mi familia, así que podría hablar con él para que compartierais consulta. No haría falta que compraras ni que alquilaras nada, sólo tendrías que ir y ponerte a trabajar con él –le explicó–. ¿Qué te parece?

Elizabeth lo miró con lágrimas en los ojos y lo abrazó con fuerza.

–Me parece una idea maravillosa.

Woodrow dejó caer la cabeza hacia atrás y suspiró aliviado.

–Gracias a Dios –murmuró.

Aquello hizo reír a Elizabeth.

–¿De verdad llevarías tan mal vivir en Dallas? Woodrow se señaló la cara.

–¿Ves esto? Y eso que sólo llevo una noche aquí. Si me quedara a vivir en esta ciudad, no sé lo que me pasaría.

–¿Qué te ha ocurrido? –quiso saber Elizabeth.

Woodrow alargó las piernas para estar más cómodo.

–Me atacaron por intentar darle una lección a un chico.

–¿Por qué?

–Por ser un estúpido.

–La estupidez no es un delito –rió Elizabeth.

–Lo es cuando una pandilla de adolescentes le tocan las narices a Woodrow Tanner.

Elizabeth volvió a reírse y le echó los brazos al cuello.

–Oh, Woodrow, cuánto te quiero –le dijo abrazándolo con fuerza.

–¿Lo suficiente como para estar conmigo toda la vida?

Elizabeth lo miró a los ojos y vio en ellos esperanza, así que se inclinó sobre él y lo besó.

–Para eso y para mucho más –le aseguró.

Woodrow la besó con pasión, intentando recuperar el tiempo perdido.

–Te tengo que confesar una cosa.

Elizabeth se tensó ante la seriedad de sus palabras.

–¿De qué se trata?

–No habría venido si Ace no me lo hubiera pedido.

–¡Eres un…!

Antes de que le diera tiempo de levantarse, Woodrow la agarró de las manos.

–Lo que importa es que he venido –le dijo–. No he venido antes porque estaba enfadado.

–¿Estabas enfadado? –gritó Elizabeth–. ¡Yo era la que tenía motivos para estar enfadada porque me sentía utilizada!

–Sí, pero me abandonaste. Ni siquiera me concediste el beneficio de la duda, no me dejaste explicarme.

—Oh, Woodrow —murmuró Elizabeth pasando del enfado a la pena—. Perdona —añadió acariciándole la mejilla—. Debería haber confiado en ti porque sé que tú jamás me harías daño intencionadamente.

—¿De verdad lo sabes?

Elizabeth sonrió entre lágrimas y se llevó la mano el corazón.

—Sí.

—Ahí es donde quiero estar siempre —sonrió Woodrow emocionado—. En tu corazón.

—Lo estás y siempre lo estarás.

Woodrow suspiró aliviado y se llevó la mano al bolsillo.

—Ahora que hemos solucionado esto, tenemos que hablar de otra cosa —anunció.

Elizabeth lo miró con curiosidad.

—¿De qué se trata? ¿Qué es eso?

—Los documentos del abogado.

—Para que renuncie a mis derechos de custodia —murmuró Elizabeth con tristeza.

Woodrow se dio cuenta de que miraba los documentos preguntándose si habría ido a buscarla para que se los firmara.

Entonces, vio claro lo que tenía que hacer.

Con decisión, tomó los documentos y los rompió de arriba abajo.

—¡Woodrow! —exclamó Elizabeth—. ¿Qué haces?

Woodrow tiró los papeles al aire.

—No valen —contestó—. Pone que eres la tía de la niña, pero eso va a cambiar en breve porque, en cuanto nos hayamos casado, serás su hermanastra.

—No lo había pensado —recapacitó Elizabeth poniéndole la mano en el pecho—. Cuando me dijiste que Renee había muerto, creí que había perdido lo poco que quedaba de mi familia, pero no ha sido así —añadió llorando.

Woodrow le tomó la mano y se la besó.

—No, en realidad has ganado más familiares de los que probablemente quieras. Somos cinco hermanos y acabamos de empezar a tener hijos. imagínate lo que van a ser las Navidades dentro de un par de años. Habrá niños por todas partes.

—¿Y tú crees que algunos de ellos serán nuestros? —preguntó Elizabeth esperanzada.

—Por supuesto que sí. Por lo menos, dos. Tal vez, si nos ponemos rápido, tres.

Elizabeth lo miró enarcando una ceja.

—¿Qué te parece ahora mismo?

Epílogo

En septiembre había hecho más calor de lo normal, pero en octubre habían descendido las temperaturas para recordar a los mortales que el invierno estaba cerca.

El viento discurría entre los árboles que rodeaban el cementerio familiar de los Tanner donde estaban enterradas cuatro generaciones de la familia.

—Muchas gracias —le dijo Elizabeth a Woodrow tomándolo de la cintura—. Significa mucho para mí tener a Renee cerca.

—Sin quererlo, mi padre la trajo a esta familia, así que lo justo es que esté enterrada con nosotros —contestó Woodrow.

Emocionada porque Woodrow aceptara a su hermana con tanta facilidad sin haberla conocido, Elizabeth lo abrazó y sonrió.

—Eres un buen hombre, Woodrow Tanner.

—No sé si soy un buen hombre, pero, desde luego, he conseguido hacerme con una buena mujer —sonrió Woodrow.

En ese momento, un ruido a sus espaldas los interrumpió.

–¿Qué es eso? –preguntó Elizabeth con curiosidad.

–Es Ace haciendo sonar la campana para que vayamos. Solía hacerlo cuando éramos pequeños –le explicó Woodrow tomándola de los hombros y andando hacia la casa–. Me parece que la fiesta está a punto de empezar.

–Parece que han llegado todos –contestó Elizabeth viendo que había un montón de gente en el jardín–. Han llegado Rory y Whit. ¡Y Dixie! –exclamó reconociendo a la jefa de su hermana–. ¿Pero no me habías dicho que iba ser una celebración familiar?

Woodrow se encogió de hombros.

–Dixie es de la familia –contestó–. La sangre no importa, lo que importa es lo que llevas en el corazón –le recordó–. No te importa que la haya invitado, ¿verdad?

Elizabeth sintió que amaba a su marido todavía más.

–Por supuesto que no me importa –contestó dándole un beso en la mejilla.

Woodrow tomó a su mujer de la mano y la condujo hacia la fiesta. Al llegar al jardín, se rió observando sus hermanos.

–Mira, Rory va hacia Ry. Les doy cinco minutos –rió–. Ya verás qué poco van a tardar en emprenderla a puñetazos.

–Desde luego, no os entiendo –contestó Elizabeth sacudiendo la cabeza–. Es evidente que os queréis, pero parece que os gusta pegaros.

Woodrow chasqueó la lengua.

–Supongo que hay que ser hombre para entenderlo.

Elizabeth comenzó a caminar más lentamente y, de repente, se paró.

–¿Qué te pasa? –preguntó Woodrow.

–Me preocupa Ry.

–¿Por qué?

–Porque parece realmente infeliz –contestó Elizabeth mordiéndose el labio inferior y mirando hacia su cuñado–. Cuando me dijiste que se estaba divorciando, creí que sería por eso, pero ahora creo que hay algo más.

–Te preocupas demasiado –sonrió Woodrow–. Ry está bien. Probablemente, estará pasando por un mal momento, pero nada más.

–Espero que así sea –contestó Elizabeth temiendo que no fuera así.

–¡Aquí llegan! –gritó Ace–. ¡Abrid el champán!

Elizabeth y Woodrow se vieron rápidamente rodeados por su familia, que reía y charlaba a su alrededor celebrando el inicio de su nueva vida en común.

En el deseo especial titulado:*En manos del dinero* **podrás leer la siguiente novela de la apasionante serie de Peggy Moreland**

DESEO

PEGGY MORELAND

CINCO HERMANOS Y UN PROBLEMA

Al ver a aquella mujer con un pequeño en sus brazos, Ace comenzó a preguntarse qué iban a hacer sus cuatro hermanos y él con una niña tan pequeña.

Lo único que había hecho Maggie había sido entregar una niña huérfana a la familia a la que pertenecía por derecho. Pero Ace le había pedido que viviera con ellos..., así que poco tiempo después el atractivo ranchero y ella comenzaron a compartir algo más que los biberones a media noche.

TÚ SERÁS MÍA

La familia Tanner estaba a punto de adoptar a una pequeña, solo quedaba que Woodrow Tanner se lo comunicara a la doctora Elizabeth Montgomery, la única familiar que podía reclamar también la custodia del bebé. Pero él sabía perfectamente cómo conseguir lo que deseaba de una mujer. Claro que no había contado con que desearía tanto de aquella mujer...

N.º 544

Elizabeth siempre había querido tener una verdadera familia y cuando aquel atractivo cowboy le dio noticias de la pequeña, pensó que aquello era más de lo que habría podido soñar.

DESEO

¿Conseguiría una apuesta de fin de semana domar el corazón de la Bestia?

**APUESTA
DE UNA NOCHE**

KATHERINE GARBERA

N.º 2185

Indy Belmont se había propuesto revitalizar el pueblo de Gilbert Corners. Para conseguir publicidad, desafió al célebre chef Conrad Gilbert, también conocido como la Bestia, a un concurso de cocina en su famoso programa de televisión. Él se negaba a regresar a su pueblo natal, hasta que conoció a su bella contrincante. Aceptaría con una condición: si ella perdía, le debería una noche de pasión… Pero esa noche se convirtió en un tórrido fin de semana e Indy tenía que convencer a Conrad de que olvidara la maldición que atormentaba su pasado. Para ello solo debía jugárselo todo…

DESEO

Era complicado

LA ESPOSA DE SU HERMANO

JENNIFER LEWIS

N.º 226

Solo hizo falta un beso de la viuda de su hermano para despertar la llama en el corazón de A.J. Rahia y convencerlo para aceptar el trono. La tradición obligaba a que el príncipe convertido en productor de Hollywood se casara con la esposa de su hermano, pero... ¿podría aceptar como suyo el hijo que estaba en camino?

Lani Rahia estaba atrapada entre dos hombres: su difunto esposo y el futuro rey. Si contaba la verdad sobre uno, ¿perdería al otro? Ya se había visto antes apresada en un matrimonio de conveniencia. Esta vez no aceptaría una farsa por su hijo. En vez de eso, quería el amor eterno de A.J.... o nada.

BIANCA.

MICHELLE REID
LEGADO DE PASIONES

Anton estaba furioso. Como hijo adoptivo de Theo Kanellis, se suponía que iba a heredar su vasta fortuna. O al menos así lo creía todo el mundo, hasta que el patriarca descubrió que tenía una heredera legítima: la atractiva Zoe Ellis.

A Zoe, su origen griego le resultaba indiferente, pero lo quisiera o no, el destino iba a llamar a su puerta en la forma del atractivo Anton Pallis.

CAROL MARINELLI
CORAZÓN DEL DESIERTO

El príncipe Ibrahim se negaba a doblegarse a las normas que habían destruido a su familia. Por eso ocultaba sus emociones y rehuía sus responsabilidades.

Georgie era precisamente la clase de mujer que debía evitar según los dictados del deber. Mundana, atormentada y nada interesada en ser reina. Todo un reto para Ibrahim.

N.º 478

SUSANNE JAMES
ESCRITO EN EL ALMA

Cuando Sabrina Gold se ofreció como secretaria del encantador y famoso escritor Alexander McDonald, no esperaba sentirse tan atraída hacia su nuevo jefe. A pesar de ello, decidida a no perder su profesionalidad, se concentró en no dejar que nada la distrajera de sus tareas... Él se había jurado no mezclar los negocios y el placer, ¡pero las largas jornadas de trabajo con Sabrina le impulsaron a romper sus propias reglas!

¡YA EN TU PUNTO DE VENTA!

BIANCA

ABBY GREEN

LOS SECRETOS DEL OASIS

Cuando Jamilah Moreau se había entregado al jeque Salman en París, cinco años antes, había soñado con vestidos de novia y finales felices, mientras que él sólo había actuado movido por el deseo…

Ahora, Salman podía tener todo lo que deseara, y tal y como descubrió Jamilah cuando se la llevó a un oasis, ¡la seguía deseando a ella! No obstante, el tiempo los había cambiado y hacer el amor ya no era suficiente. Lo ocurrido en París había tenido consecuencias duraderas para ambos…

LA ELECCIÓN DEL SULTÁN

Elegida como esposa para el sultán, Samia no tenía otra opción que aceptar el matrimonio. Y, en contra de sus mejores intenciones, mientras su nuevo esposo la liberaba lentamente de sus galas de novia descubrió que sus inhibiciones desaparecían. A Sadiq le sorprendió la naturaleza apasionada de su esposa. La había elegido por ser tímida y apropiada. Pero descubrió que Samia no lo era en absoluto… ¡Era decidida, exigente y desafiante!

N.º 479

DESEO

SARA ORWIG
EL HIJO DE OTRO

David Sorrenson había sido militar, por lo que sabía mucho sobre el peligro y la seguridad, pero nada sobre niños. Marissa Wilder era su única solución. Aquella muchacha sensata y familiar sabía muy bien cómo cuidar a un niño y aceptó el trabajo de niñera… que la obligaría a vivir en el rancho de David.

LAURA WRIGHT
ENCERRADOS CON EL DESEO

Cuando Tara empezó a recibir amenazas, Clint supo que debía protegerla, pero ella parecía empeñada en no hacer caso de sus advertencias… y en hacerle hervir la sangre de deseo. Tara era una mujer independiente e irresponsable que no dejaba que nadie se acercara demasiado a ella. ¿Qué podía hacer un texano como él?

N.º 543

KATHIE DeNOSKY
EL RECUERDO DE UNA NOCHE

El día de Nochebuena, Travis Whelan llegó a Royal y se encontró frente a frente con Natalie Pérez, la única mujer a la que no había podido olvidar… y con un bebé cuya existencia desconocía. Había pasado casi un año desde aquella noche que Travis había pasado junto a Natalie, un año desde el día en que su orgullo había quedado herido para siempre. Sin embargo, el recuerdo de aquella noche seguía vivo.